メディアワークス文庫

ミステリ作家 拝島礼一に捧げる模倣殺人

野宮 有

JN075786

目　　次

第一章「創作」

1

創作の影響で人が殺されたとき、その責任は誰が取ればいいのだろう。

社用車の窓越しに夜の景色を眺めながら、私はふと思った。

等間隔に並ぶ街灯以外に目ぼしいものはない住宅街で三時間以上も張り込みをしていると、余計な思考ばかりが頭を埋め尽くしてしまう。太腿《ふともも》の上に置いた一眼レフが、どんどん重くなっていくように感じた。

「未希《みき》ちゃん、どうしたの怖い顔して」

一時間弱におよぶ仮眠、というか勤務時間中のサボり行為から目覚めたカメラマンの村田《むらた》さんが、欠伸《あくび》混じりに訊《き》いてくる。

名字の「織乃《おりの》」ではなく下の名前で、しかもちゃん付けで呼ばれているのは週刊風《ふう》雅《が》編集部でも一番若い私だけだ。セクハラ云々《うんぬん》というよりは、単純に一人前の戦力として認めて貰《もら》えていないのが原因なのだと思う。

記者である私の方が助手席に座っているのも、本来ならありえないことだった。ペーパードライバーだと打ち明けた記憶なんてないけれど、頼りない雰囲気から何もかも見透かされているのかもしれない。

二三年間の人生で身に付けた数少ない特技である愛想笑いを発動させながら、一眼レフを村田さんに返す。

「……あはは、ちょっと寝不足気味で。すみません」

「仕方ないよ、女性には過酷な仕事だもんね。元々は文芸志望なんでしょ？」

「え、まあその……」

「ジョブローテーションだっけ？　あと二年くらい耐えたら異動できるから、ね」

数年後の部署異動の話題がカメラマンの口から出てくる時点で、我ながら末期だと思う。

でも実際、村田さんの指摘は正しい。新入社員が希望の部署に配属されるわけではないことは選考段階から知っていたが、まさか自分が写真週刊誌の編集部で働くことになるとは露にも思っていなかった。

恐ろしく体育会系な職場で、来る日も来る日も高級住宅街や歓楽街や芸能事務所の周辺に張り込んでは、有名人のプライバシーを侵害し続ける日々。

文芸の編集部で、失意の底にいる誰かを救うような物語を作っていきたいという理想は、いとも簡単に打ち砕かれてしまった。

「で、岩佐《いわさ》憂人《ゆうと》はまだ現れないの？」

「……まだ、ですね。もう夜の一一時ですけど」

「へえ、まあまあ期待できる感じじゃない？」

私たちは、人気俳優の岩佐憂人が不倫相手と帰宅する決定的瞬間を狙っていた。

情報源は彼の親しい友人ではなく、あくまでテレビ局の職員。信憑性《しんぴょうせい》はそこまで高くない。けれど昨年末に結婚した岩佐の妻が出産のため北海道の実家に帰っているのは事実だし、彼が家庭の愚痴を周囲に零《こぼ》しているという証言もいくつか上がっている。

「頼むよお、岩佐くん。日本中があんたのスキャンダルを望んでるんだ。なんたって、あの〈絵札の騎士〉の主演俳優だからな」

ハンドルにもたれ掛かりながら、村田さんはギラついた目で呟《つぶや》いた。

〈絵札の騎士〉は、現在日本で最も注目を浴びている作品だ。

原作は、人気小説家・拝島礼一《はいじまれいいち》によるミステリ小説。長く続く出版不況の中にあって、一〇〇万部をゆうに超える大ヒットを叩《たた》き出《だ》した怪作だ。独特な哲学を持つ連続殺人鬼の半生を恐ろしくも美しい筆致で描き、多くの読者に衝撃を与えた。某文学賞にノミネートされた際は、あまりにも過激な作風のせいで選考委員たちが三時間にわたる激論を繰り広げたという逸話まである。

ただ、〈絵札の騎士〉が今世間の注目を集めている理由は別にあった。

「しかし、聞いたことねえよなあ」村田さんはどこか楽しそうに呟く。「小説の主人公を模倣した連続殺人犯なんてよ。こんなの、稀《まれ》に見る大事件だ」

事件の始まりは、今から半年ほど前の三月六日。埼玉県山伏市《やまぶしし》の市議会議員だった白瀬《しらせ》健人《けんと》氏が、自宅で刺殺体となって発見されたのだ。

一階の窓を叩き割って侵入した犯人は、寝室で眠っていた白瀬氏の胸部を刃物で刺して殺害。その後白瀬氏の遺体をバスルームまで運び、〈絵札の騎士〉の初版本を現場に置いて立ち去った。ちなみに〈絵札の騎士〉の表紙には、現場と同じく『バスルームに横たわる死体』が描かれている。

さらに恐ろしいことに、犯人は同じベッドで眠っていた妻をロープで拘束し、殺さずに放置したという。

ある犯罪心理学者は、その理由は二つあると考察していた。

一つ目の理由は、愛《いと》しい夫が惨殺される光景を妻に見せつけるため。

二つ目は『自分の存在を世間に知らしめるメッセンジャーにするため』とのことだ。実際に、生き残った妻の証言がきっかけとなり、犯人が〈絵札の騎士〉と名乗る模倣犯であることが知れ渡った。

世間の人々が危惧していた通り、その模倣犯は連続殺人犯へと進化してしまった。二人目の犠牲者は都内在住の女子大生。今から二週間前のことだ。

とはいえ、事件の概要以上の情報はほとんど公表されていない。警察が、二つの事件を同一犯の仕業だと断定した根拠さえも。

詳細な手口や現場の状況まで明らかにしてしまうと、更なる模倣犯や悪質な悪戯《いたずら》が発生してしまう危険性がある——そんな背景があって報道規制が敷かれているのはわかっているけれど、どうしてももどかしさを感じてしまう。

「犯人はどんな人間なんでしょう。何の罪もない人を、二人も殺すなんて」

「未希ちゃんさ、事件の詳細なんて新聞社かテレビ局にでも任せときなよ。俺たちは、ゲスな連中の興味を煽《あお》る周辺情報だけ摑《つか》めばいいんだから」

「……はい、わかってます」

確かに、警察署の記者クラブに加盟しているわけでもない写真週刊誌にできることなんて限られている。それこそ、一昨年《おととし》に〈絵札の騎士〉が映画化された際の主演俳優のゴシップを追いかけることくらいしか。

「ほら、油断してるうちに岩佐が現れちゃうよ」

気をつけます、と条件反射のように呟きながら、私は拳を強く握りしめた。

――岩佐憂人は、ただ役者として最高の仕事をしただけなのに。

体重を一〇キロも落とし、人相ごと豹変《ひょうへん》させる壮絶な役作りを経て連続殺人鬼の役を怪演した岩佐は、その血の滲《にじ》むような努力を称《たた》えられるどころか、今では世間のバッシングの対象になってしまっている。

お前が殺人鬼を美化する演技をしたせいで、罪もない人間が二人も殺されたんだ。被害者や遺族に申し訳ないとは思わないのか。謝罪しろ。謝罪しろ。謝罪しろ。

理不尽だ。

原作ファンの私が見ても非の打ち所が全くない、それこそ魂を削るような演技の代償がこれだなんて、彼の心情を思うとあまりにもやり切れない。

「……んー、何度も言うようだけど」

少しだけ遠慮気味に、村田さんは言う。

「いちいち取材対象に罪悪感なんて抱いてたら仕事になんないから。未希ちゃんの仕事は、取材対象が出てきたらカメラマンの俺に伝えて、見たままの情報を淡々と原稿にして、写真と一緒に副編集長《デスク》へ送信するだけ。どう、簡単でしょ？」

「はい、頑張ります」

「変に頑張りすぎないでいいよ、って意味で言ってるんだけどな……」

言い方はともかく、村田さんが私を心配してくれているのは本当らしい。

いっそのこと編集部の全員が悪人だったらいいのに、と思う。

現実はそうじゃない。誰もが、会社での立場と生活を守るために割りきって仕事をしているのだ。そんな事実は、配属されてからの一年間でさんざん思い知らされてきた。

みるみるうちに、自己弁護のための根拠が目減りしているような気がする。

安くない給料を貰いながら、いつまでも駄々をこねているのは私だけだ。

「……お、来た来た！　岩佐だ！」

村田さんは運転席の窓を少し開け、その隙間にカメラのフィールドスコープを滑り込ませた。私はその隣で手持ち無沙汰にしながら、自宅マンションへと一人で歩いていく岩佐を眺めることしかできない。

村田さんがシャッターを切った瞬間、岩佐と目が合った気がした。

「ごめんなさい」

村田さんには絶対に聴こえない声量で呟いたあと、逃げるように顔を伏せる。

少しして社用車を発進させた村田さんは、明らかに苛立《いらだ》っていた。

「くそっ、一人で帰宅かよ。不倫の噂《うわさ》まで嘘《うそ》だったらただじゃおかねえぞ」

「……何か、別のネタを探しますか？」

「いや、このまま岩佐で行こうよ。罪深い作品に関わったせいで妻に逃げられ、コンビニ袋を提げて孤独に帰宅する落ち目の役者――そういう方向性ならPVも稼げる」

「村田さん、それは」

「岩佐にとっては願ってもない話だろ。イカレた小説家のせいで家庭崩壊した被害者になれれば、世間の同情も買えるだろうさ」

岩佐の妻は出産のために実家に帰っているのであって、家庭が崩壊しているだなんて証拠はどこにもない。副編集長《デスク》の審査に通るかどうかはまだわからないが、もしそんな下世話な記事が出れば間違いなく岩佐は深く傷ついてしまうだろう。

そして、罪深い作品の原作者である拝島先生へのバッシングはさらに激しくなってしまう。

窓の外を流れる光の群れを眺めながら、私は考える。

いい作品を作ることに魂をかけているだけの小説家や役者と、他人のプライバシーを侵害し、悪意に満ちた文章で世間の憎悪を煽る雑誌記者と。本当に歪《ゆが》んでいるのはどっちだろう。

今頃、拝島先生が何を考えているのか知りたいと思った。

顔出しをしていない拝島先生の姿をうまく想像することはできないけれど、この状況に心を痛めているのは間違いない。

私にはわかる。一度でも拝島作品に心を揺さぶられた人間なら当然だ。

彼の描く物語には、世界への愛が溢《あふ》れているのだから。


「もう決めた。絶っっ対に転職してやる！」

自宅マンションの玄関ドアを閉めるのと同時に叫び声を上げる。

そこで私は、時刻がすでに午前一時を回っていることに気付いた。

これでは完全に近所迷惑だ。部屋の壁が見た目より厚いことを祈りつつ、パンプスを乱暴に脱ぎ捨てて室内用のスリッパに履き替える。

リビングに入ると、同居人の藤咲絵里《ふじさきえり》が呆《あき》れた顔を向けてきた。

「また出たよ、それ今月に入って何回目？」

「何度だって言ってやる。あんなクソ編集部、潰れてしまえばいいんだ」

「あはは、今日も荒れてるねー」

安物のソファに寝転びながら、絵里はタブレット端末を眺めていた。大方、仕事を早めに切り上げて電子書籍でも読《よ》み漁《あさ》っているのだろう。パジャマに着替えているのを見る限り、もう寝る準備は万端といった感じだ。

いつものことながら、こんな時間に帰ってきても食欲が湧かない。迷った挙句、缶ビールとポテトサラダだけを冷蔵庫から取り出してソファに向かう。絵里の脚を払って自分のスペースを確保しつつ、缶を開けて最初の一口を喉に流し込んだ。

「で、なにがあったの」

絵里はタブレットから目も離さず、何でもないことのように訊いてくる。

ルームシェアを始めてからは二年、バイト先の書店で知り合って友達になってからはもう五年の仲だ。これが、絵里なりの気遣いなのは知っていた。

「絵里はさ、イラストレーターとして生計立ててるわけじゃん」

「まあ、あんたの年収には遠く及ばないけどね」

「同じクリエイターとしてさ、今の状況についてどう思う？」

「あー、拝島礼一の件？」

てっぺんが少し黒くなってきた金髪を掻《か》き上《あ》げながら、絵里は溜《た》め息《いき》を吐《つ》いた。

「……まあ、ただただ作者が不憫《ふびん》だよね。『作品に罪はないのか』みたいな議論が起きるたびに毎回思うけど、実際にゴーサイン出したのは出版社でしょ？　拝島礼一が諸悪の根源みたいに叩かれてるのは、普通に理不尽だと思う」

拝島礼一は全ての責任を取れ。異常者。遺族に申し訳ないと思わないのか。逃げるな。あんな小説を書いて恥ずかしくないのか。謝罪しろ。謝罪しろ。謝罪しろ。

悪意に満ちた無数のツイートは、今も私の網膜に貼り付いて離れてくれない。

絵里の言う通り、本来なら矢面に立たされるのは出版社であるべきなのだ。いくら拝島先生クラスの人気作家でも、小説家に出版の是非を決める権利なんてない。しかも実際に、〈絵札の騎士〉を刊行した大洋社《たいようしゃ》は「全責任は弊社にあります」とまで言っているのに。

「どうして、作者の拝島先生があんなに炎上しなきゃいけないんだろ」

「まあ、二人も殺されてるのにだんまり決め込んでるのは印象悪いかもね」

確かに、今のところ拝島先生は事件を受けての声明を一切出していない。むしろ、出版社さえ先生の消息を摑めていないのだという。

そのせいもあって、ネットでは「拝島礼一自身が犯人」という幼稚な陰謀論さえ流れている始末だ。

「……でも、やっぱり納得いかないよ」私は残り半分になった缶ビールをテーブルに叩きつけた。「メディアとかネットは拝島先生に説明責任を求めてるけど、そんなの意味不明じゃない？　悪いのは殺人鬼の方でしょ？　先生だって、殺人鬼に影響を与えるために〈絵札の騎士〉を書いたわけじゃないのに！」

「そりゃそうだよ。凶悪犯罪者になっちゃうようなやつは元から凶悪だったわけで、作品に影響を受けて急に悪に染まるわけじゃない」

「うんうん」

「そもそも、〈絵札の騎士〉は殺人鬼を肯定的に描くような話じゃないわけだし」

「うん！　ほんとにそう！」

絵里の解釈が私と一致していることに嬉《うれ》しくなり、気付いたら捲《まく》し立《た》てていた。

「〈絵札の騎士〉は、殺人鬼が誰にも裁かれず成長していく姿を通して、世の中の不条理や犯罪の恐ろしさを描いてる作品なの！

しかもさあ、『この作品には作者の個人的な憎悪が込められている』みたいに言ってるコメンテーターもいるじゃん？　確かに作中で殺された人の中には、表現規制に関わってる政治家とかコンプライアンスを振りかざす批評家とかもいるけど、拝島先生が本当に伝えたいのはそこじゃないって普通わかるよね？　むしろ先生が批判してるのは、無茶苦茶な論理で彼らを残酷に殺す〈絵札の騎士〉の方であって」

「うん。わかったから、ちょっと声量下げよ？」

「だいたい偉そうに批判してる人たちはさ、あの作品を読んだことないか、書かれているることを書かれている通りにしか受け取れないような、芸術リテラシー皆無の連中に決まってるんだ。しょーもなさすぎる本当にっ！」

「……未希さあ、そういうの間違っても会社では言わないでよ？」

絵里は苦笑とともに立ち上がり、欠伸を噛《か》み殺《ころ》しながら自室へと歩いていった。


食事とお風呂を済ませ、自室に戻ったときにはもう深夜二時過ぎになっていた。

明日は土曜日だけれど、心底許《ゆる》し難《がた》いことに午前中から出社することになっている。すぐにでも寝た方がいい。……それくらいわかっているのに、足はベッドではなく、壁一面を覆い尽くす本棚へと向かっていた。

ミステリ、SF、純文学、漫画、ライトノベル、エッセイ、ビジネス本などが雑多に詰め込まれた無秩序な棚の中で、目線の高さにある一角だけが明らかに整然と並べられていた。

拝島先生が二〇歳でデビューしてからの一二年間の歴史が集約された光景を見て、

私はこの上なく満たされた気持ちになる。これまでに上梓《じょうし》された三二冊の著作は初版本・サイン本・文庫本まで全て揃《そろ》っており、短編が掲載された文学誌やインタビュー記事が載った雑誌、映画化作品のブルーレイなども一通り網羅していた。

学校を抜け出して向かった図書館で最初に手に取ったのは〈レミングたちの憂鬱〉だった。〈薔薇薔薇《バラバラ》〉の発売日には遅刻上等で開店前の書店に並んだし、テスト前に〈キャンディ・ポップ〉と〈ビターチョコレート・イズ・ビター〉が同時発売されたときは生まれて初めて赤点を取ってしまった。〈絵札の騎士〉が文学賞を三つも受賞したときは、自分が大学に合格したことよりも盛大に喜んだ気がする。

思春期の女子によくある派閥争いに巻き込まれ、居場所を失《な》くしていた高校時代。友達が本当に一人もいなかった暗黒の日々において、唯一の救いだったのが拝島作品だ。大学に入ってまともな青春を送れるようになってからも、拝島先生の描く刺激的で濃密な物語は私の心の支えであり続けてくれた。

いつか拝島先生に会って感謝を伝えたい。

そう思いながら必死に就活をして出版社に潜り込めたのに、いま私は、あの頃の理想とは真逆の行為を続けている。

そう考えると、また罪悪感が込み上げてきた。

明日は早いと自分に言い聞かせて、逃げるように部屋の電気を消す。

2

土曜日の午前中にもかかわらず、編集部はやけに慌ただしかった。休日出勤なんて当たり前の職場だけど、さすがにこの時間帯はいつも閑散としているはずだ。

怪訝《けげん》に思いつつ机に向かうと、副編集長《デスク》の上原《うえはら》さんが手を上げて挨拶してきた。

私はたまらず問い掛ける。

「あの、何かあったんですか？　休日なのにこんな……」

「え、報道見てないの？」

「報道？」

「拝島礼一事件の犠牲者がまた出た。これで三人目だよ」

「えっ」

慌てて鞄《かばん》からスマホを取り出し、ニュースサイトを開く。トップページには、〈絵札の騎士〉を模倣した殺人鬼の凶行を報《しら》せる文字がずらっと並んでいた。

『赤羽《あかばね》の住宅街で撲殺死体発見。連続殺人犯の仕業か』

『被害者のツイッターアカウントで遺体の画像が拡散。ネット騒然』

『〈絵札の騎士〉模倣犯による三件目の凶行　書籍の回収を求める声も』


記事のコメント欄まで見ようとは思わなかったが、三件目の事件を受けて拝島先生や出版社がどんな言われ方をしているのかは想像に難くない。

「今はチャンスなわけよ、未希ちゃん」

「チャンス……ですか」

「拝島は売れっ子作家だから、主要出版社の多くはあいつにしこたま稼がせてもらってる。要するに、報道に忖度《そんたく》が生じちまうわけだ。自社で本を出した有名人のスキャンダルに、週刊誌があまり触れたがらないのはよくある話だろ？　実際、拝島本人の責任を追及するような記事はＷＥＢ系のメディアからしか出てない。……だから、やつの本を出したことのない風雅社《うち》の独壇場ってわけよ」

怒りで脳が沸騰しそうになるけれど、どうにか堪《こら》える。ここは自宅のリビングじゃないし、宥《なだ》めてくれるルームメイトもいない。

「今、ウチの記者たちが躍起になって拝島の周辺を嗅ぎまわってる。あいつの人間性にケチがつくような情報が上がれば大スクープだよ。発行部数も跳ね上がるぞ」

「……そう、ですか」

「まあ一応、未希ちゃんにも頑張ってもらうから。今から読書会に潜入するんでしょ？」

あなたの指示ですけど。それに一応ってなに？

「わかってるよね？　拝島礼一みたいなイカレ作家の熱狂的信者が、いかに一般常識から外れてるかを取材してくるのが未希ちゃんの役目」

そんな汚いやり方に私を巻き込まないでよ。というか、ファンを『信者』って乱暴に呼称するだけで優位に立てたとでも思ってるの？

「多少嫌われてもいいからさ、本音を引き出してきなよ」

あなたを殴り飛ばしたいのが私の本音ですよ。

……などと内心で罵りつつも、新卒二年目の私は愛想笑いを返すしかない。

「はい。頑張ります」

感情ゼロの笑顔とともに定型文を返し、私は自我を入念に殺しながら準備を始めた。

念のため会社備品の一眼レフも鞄に詰め込んで、足早に編集部を出る。

降下するエレベーターの中で、一連の事件について考えてみた。

最初に殺されたのは、埼玉で市議会議員をしていた白瀬健人。〈絵札の騎士〉の有害図書指定化を推進しており、以前からツイッターなどでよく目にしていた名前だ。模倣犯が〈絵札の騎士〉の熱狂的な読者なら、彼を狙う動機は一応理解できる。

ただ、次に殺された女子大生——原井《はらい》琴美《ことみ》についてはどうだろう。

正義感を履き違えたネットの住民たちが、彼女の通っていた大学やバイト先などの個人情報を特定している。それらをざっとチェックしてみたが、模倣犯に狙われるような謂《いわ》れはないように思える。そして第三の被害者については、ついさっき事件を知ったばかりなので何とも言えない。

だいたい、この模倣犯は何を考えているのだろう。

自分のやっていることが、拝島先生や読者にどれだけ迷惑をかけているかわかっているのだろうか？

それとも模倣犯は拝島先生の熱狂的ファンなんかじゃなく、先生を貶《おとし》めるためにわざとこんなことをやっているのだろうか？

大好きな小説家が危機に瀕《ひん》しているというのに、私は何一つ知らないままだ。

読書会の主催者とは、一〇日ほど前からインスタグラムでやり取りを重ねていた。

「こんな時期だからこそ、今月の読書会のテーマは『拝島礼一作品』に決定しました。皆さん、お気に入りの作品を持ち寄ってご参加ください」という投稿に目をつけた上司が、一番暇な私に指示を出したのだ。

そういえば、読書会というものに参加するのは初めてだ。潜入取材が目的でなければ、普通に楽しみにしていたかもしれない。

会場に指定された西新宿《にししんじゅく》のカフェの前で、二〇代後半くらいの男性が待ってくれていた。

「あ、もしかして織乃さんですか？」

「はい！　すみません遅れちゃって」

「いえいえ、場所がわかりづらいですからね」

そう言いながら、主催者の矢坂《やさか》さんは人当たりのいい笑顔を見せた。こういう読書会を開くくらいだから当然だが、かなり社交的な性格らしい。レンズに妙な横縞模様《よこじまもよう》の入った眼鏡や、紺のジャケットと白Tシャツというイケイケな格好からも、教室の隅で読書ばかりしていた私とはまるで違う匂いを感じてしまう。

「実はここ、知り合いの店でして。今日は貸し切りにしてもらってます」

「え、凄《すご》いですね」

「じきにみんな来ますから、お好きな席に座っていてください」

個人経営のカフェらしく、店内はこぢんまりとしている。中央に小さなテーブルが寄せ集められており、その周りを囲むように一〇脚ほどの椅子が並べられていた。

先客は二人いた。一人は、高校生くらいに見える若い女性。まだ垢抜《あかぬ》けていない感じの黒縁眼鏡と、緊張を紛らわせるためか文庫本に目を落としている様子は、どことなく昔の自分と重なるものがある。

こっそりとシンパシーを覚えつつもう一人の青年に目を向けると、彼は嫌味なほどに整った顔で微笑《ほほえ》んできた。

「はじめまして。山倉《やまくら》と申します」

「あ、織乃です。よろしくお願いします」

挨拶をしてしまった手前、離れた席に座るのは少し気まずい。遠慮気味に、私は山倉さんの正面に腰を下ろす。

男性への苦手意識は大学生のときに克服しているが、ここまで容姿が整った相手となると話は別だ。緊張というよりは、世界が違い過ぎて何を話せばいいのかわからなくなる。

センターパートの黒髪には緩やかなウェーブがかかっており、暗灰色の瞳の下にある泣きぼくろが相対する者の視線を吸い寄せる。ビッグシルエットの白いサマーニットも、どことなくセンスを感じさせる。

沈黙を誤魔化すためドリンクメニューを熟読するフリをしていると、山倉さんの方から声をかけてきた。

「あの、こういう読書会ってよく来られるんですか？」

「あ、いえ初めてです」

「よかった、僕だけだと思って緊張してたんですよ」

山倉さんは目を細めて笑った。

喜怒哀楽の「楽」以外の表情が想像できないほどに、穏やかな微笑がよく似合っている。落ち着いた立ち振る舞いから年上であることは想像できるけれど、たぶんこの人は実年齢より若く見えるタイプだ。正確な予測は難しい。

それから徐々に参加者が集まってきて、読書会は計六人で開始することになった。高校生（たぶん）から四〇歳は超えていそうな女性まで、参加者の属性はバラバラ。主催者の矢坂さんによると、ドタキャンも何人かいたらしい。

不意に、矢坂さんがグラスを持って立ち上がる。

どうやら開会の挨拶が始まりそうなので、私はこっそりとスマホの録音アプリを起動させた。画面をオフにしていても録音が止まらない仕様なので、平然とスマホをテーブルの上に置くことができる。

「主催者の矢坂直輝《なおき》です。まずは、お集まりいただきありがとうございます」

畏《かしこ》まった様子で言ったあと、矢坂さんは眼鏡の奥の目を細めた。

「今回は初めての方も多いみたいなので説明しますが、読書会といっても何か特別なことをするわけではありません。ただ単に、同じ趣味を持った人たちで楽しく雑談できればいいなって思っています。僕もそうですけど、小説を読む人って周りに全然いなくないですか？　なんかそれってすごく寂しいなと思って、こういう会をたまに開いてるんです」

ネットワークビジネスや宗教の勧誘は禁止、という注意事項を申し訳なさそうに付け加えたあと、矢坂さんは乾杯の音頭を取った。

フルーツティーの入った六つのグラスが、遠慮気味にかち合わされる。

「いきなり雑談っていうのも難しいので、まずは自己紹介から始めましょう。名前と、職業と、それから……拝島作品で一番好きなものも言っていきましょうか」

音頭を取った矢坂さんから順に、自己紹介が始まる。

矢坂さんの職業はシステムエンジニアで、好きな拝島作品は〈薔薇薔薇〉。主婦の大森《おおもり》さんと中村《なかむら》さんは友人同士らしく、それぞれ〈しあわせな教室〉〈エンドルフィン〉を挙げていた。佐藤《さとう》さんは私の予想通り高校生で、好きな作品は多すぎて決められないとのことだ。山倉さんが最近拝島作品を読み始めたばかりの公務員であることがわかってから、ついに私の番となる。

私は深呼吸をして、今も録音してくれているスマホに意識を向けた。

仕事の時間だ。

「織乃といいます。今はメーカーで事務職をやっています。あ、好きな拝島作品ですよね？　うーん、やっぱり〈絵札の騎士〉かなあ」

一瞬だけ、店内の空気が凍り付いた。

好きな作品を訊かれたときはこう答えろと、上司に命令されていたのだ。拝島礼一のファンが一連の事件についてどう思っているのかを探るには、確かに最適な手だ。

参加者は一様に目を泳がせ、どうにか次の無難な話題を探っている。

――やっぱり、こんなの最低な仕事だ。

「……まあ、避けては通れない話題かもしれませんね」

どこか観念したように、矢坂さんが言った。

「最初にしては重い話題ですけど、皆さん〈絵札の騎士〉についてどう思いますか？」

「素晴らしい作品だと思います」

女子高生の佐藤さんが、食い気味で言った。

「〈絵札の騎士〉を批判しているのは、作品を読んだこともない人たちに決まってます。ちゃんと隅々まで読んだら、あんな不当な叩き方なんてできないはずですから」

うん、わかるよ。本当にあなたの言う通りだと思う。

思わず頷《うなず》きそうになる私より先に、矢坂さんが同調する。

「僕もそう思います。昔イベントでお話も聞きましたけど、拝島先生ほど真摯に創作に向き合っている作家はいないですよ」

それを皮切りに、他の参加者たちも口々に意見を述べ始めた。

「だいたい、あれを読んで殺人鬼に憧れる人がどうかしてません？」

「いや、そうとも限りませんよ。先生の意図を汲《く》み取《と》れない読者もいるかも」

「『恐ろしい殺人鬼』を恐ろしく描くことの何が悪いんですかね。ほんと、嫌な時代だなあ……」

「というか、拝島作品＝残酷って図式もちょっとズレてますよね」

「そうそう！　人が死なない作品だってたくさんあるのに」

「拝島先生の場合、人が死なない作品の方がえげつない気がしますけど」

「だいたい、本を出す前に校閲が二回もあるんだから、本当に問題のある表現なら弾《はじ》かれているはずなんです。先生には責任なんてありません」

不自然にならないよう会話に混ざりつつ、私は喜びを噛み締めていた。

絵里をはじめとした書店バイトで知り合った友人や、出版社で働く同僚たちの中にいると忘れてしまいがちだが、現代社会において「読書」というのは実に他人と共有しにくい趣味だ。

漫画やビジネス本ではなく小説を愛読している人となると数はぐっと減るし、まして同じ作家を愛している人と出会うのは本当に難しいことだと思う。

「はは、みんな本当に拝島作品が好きなんですね」

正面に座る山倉さんが、相変わらずの優雅な微笑とともに言った。

ようやく覚悟が固まった。

ここにいる人たちは厄介なファンでも、偏った思想を持つ狂信者でもない。ただ純粋に好きなものについて語り合うために集まっているだけの、少しだけ寂しがりな善人たちでしかないのだ。

悪意と作意に満ちた切り取り《トリミング》で、彼らを悪人にしてしまうわけにはいかない。悪いのは、作品を勝手に模倣して殺人を犯す異常者だけだ。

たとえ上司に失望されても、私は自分の意志に反する記事を書いてはいけない。


結局、読書会は二時間ほどでお開きになった。

カフェから出たあともしばらく雑談して、そのまま二次会に行く流れになる。みんなまだ話し足りないのだろう。

名残惜しいけれど、私にはこれから会社に帰って指示に背いた内容の記事を書き、上司の気が済むまでネチネチ説教をされたあと、トイレで泣きながら転職先をリストアップするという大事な用事がある。誘いを丁重に断って、一人で駅へと向かった。

「あの、織乃さん」

「ひっ」

新宿駅に近い交差点で信号を待っていると、突然後ろから話しかけられた。

慌てて振り向くと、さっきまで正面の席に座っていた山倉さんが手を上げている。私が必要以上に驚いてしまったせいで、例の微笑にはどこか申し訳なさそうな色が浮かんでいた。

「あれ、二次会は大丈夫なんですか？」

「ちょっと僕も用事があって。駅はＪＲの方ですか？」

「あ、はい」

「もしかして総武線《そうぶせん》？」

「はい、そうですけど……」

「よし、電車に乗る前に追い付けてよかった」

「……え？」

「これから少し話しませんか？　よかったら、どこかの店に入って」

「え、でも用事があるって……」

「だから、これが僕の用事です」

もしかして、これはナンパというやつだろうか。いや、一応初対面というわけではないので、何か別の言い方が正しいのかもしれない。

それにしても、いかにも女性に困ってなさそうな山倉さんがどうして私を？

話が合いそうだから？　チョロそうに見えたから？

「あ、別にナンパとかじゃないですよ。ちょっと相談したいことがあるだけです」

「ええと、これから仕事があるので失礼しま――」

「出版社に戻ってゴシップ記事を書くだけでしょう？　そんなの、少し後回しにすればいい」

「な……」

何を言っているのだろう、この人は。

私が雑誌記者であることを知っている？　どうして？

さっきの自己紹介ではメーカー勤務だと嘘を吐いた。実名でSNSをやっているわけでもないので、『織乃未希』と検索して会社名が出てくるはずもない。主催者の矢坂さんとコンタクトを取ったのはインスタグラムだが、そのアカウントで仕事に関する投稿をした記憶は一切ない。

「わ、私はただの事務職ですよ。そりゃ、出版社勤務には憧れますけど」

「嘘ですね」

信号が青になり、名前も知らない人たちが向こう岸に渡り始める。

私はその場に釘《くぎ》で留められたように動けない。立ち止まったまま向かい合う私たちを、近くを通り過ぎる中年男性が怪訝そうに見ていた。

「何を根拠に、そんな」

「靴底が妙に擦り減っている」

山倉さんは私のパンプスを指差して言った。

「オフィスカジュアルに近い服装をしているので、これから仕事の用事があるのは確かなのでしょう。でも、事務職というのには違和感がある。日常的に長い距離を歩く仕事をしていないと、そこまで靴底が擦り減ることは考えにくいんです。そのバッグも、大量の書類やカメラを持ち歩くのに適していそうな大きさですしね。まあ営業職という可能性もありますが、それはあなた自身が自己紹介のときに否定してしまった」

「その、営業って小説とか読まなそうじゃないですか。だからあの場では嘘を」

思わず凄《すさ》まじい偏見を口にすると、山倉さんは溜め息を吐いた。

「いや、嘘を吐いたのは取材中であることを隠すためだ」

完全なる断定口調だった。

山倉さんは相変わらず穏やかな笑みを浮かべているが、今ではそれが、内面の怒りを覆い隠すための武装にしか見えない。

「あなたがテーブルの上に置いていたスマホですが、なぜか上下が逆になっていました。あれは内蔵マイクを参加者たちの方に向けるためですよね？　読書会の間ずっと、スマホアプリで録音していたんでしょう。右利きのあなたがスマホをわざわざ左側に置いていたのは、少しでも音声を拾いやすくするため。あなたは右隅の席に座っていましたしね。

極め付きは自己紹介のとき。〈絵札の騎士〉を好きな作品に挙げるとき、あなたは不自然なほどに緊張していました。一つ前の僕が喋《しゃべ》っているときに計八回もグラスに口をつけていましたし、喋る前にこっそり深呼吸して、一瞬ですが録音中のスマホに目を向けてもいた。おまけに、そのあとは参加者の反応を探るように視線を動かしていましたね。あれは明らかに、誰にもバレないよう任務を遂行している人間の目です。

ネットメディアではなく出版社の記者だとわかったのは、あなたが校閲について言及したからです。少し調べれば素人でもわかることではありますけど、普段から業務で触れていないと、校閲が二回あることまではすぐに出てきませんよね」

全てが図星だったので、私は何も言い返せなくなる。

きっとこの人には、この動揺さえも気取られているのだろう。

「総武線沿線で、写真週刊誌を抱える出版社があるような駅は飯田橋《いいだばし》くらい……。となると恐らく、拝島作品の版権を持っていない風雅社あたりでしょう。どうです、合ってますか？」

都内で暮らす人間同士なら、どの路線で帰るのかというのは実によくある話題だ。何の違和感も抱かなかったが、まさか出版社を炙《あぶ》り出《だ》すのが目的だったとは。

「……あなたは、何者ですか」

これが肯定の合図になってしまうことなど、もちろんわかっている。

それでも私は訊かずにはいられなかった。

二時間かそこら一緒の空間にいただけで勤務先や素性まで完璧に暴いてくるなんて、どう考えてもまともじゃない。まるで、ミステリ小説の探偵みたいだ。

——ミステリ小説？

頭の中で呟いた単語に、自分でひっかかる。

そこからはあっという間だった。連想が連想を呼び、私の中で一つの仮説が導き出される。

もしかして……いや、そんなのありえない。

だってその人は今、世間から姿を晦《くら》ませているのだから。

「実は、『山倉』というのは適当に考えた偽名でね。もちろん公務員でもない」

柔和な仮面をいつの間にか取り払い、彼は血も凍るような無表情で告げた。

「僕は小説家だ。拝島礼一という名前を使っている」

3

結局私は、駅前の個室居酒屋に連行された。

すでに席を予約していたとわかったときは、さすがに背筋が凍えた。どうやら、私を捕まえることは最初からこの人の計画に入っていたらしい。

テーブルを挟んだ向こう側で、拝島先生は頬杖《ほおづえ》をついてメニューを眺めている。学生時代から憧れていた相手が、今、まさに目の前にいるのだ。

本来なら喜びで舞い上がってしまう状況なはずだけど、私はすっかり萎縮してしまっていた。どんな顔をしていればいいのか全くわからない。

私は、拝島作品へのヘイトを煽っている週刊誌の記者なのだから。

「……なあ、聞いてる？」

「えっ、はい！」

「だから、飲み物はどうするの。面倒だから勝手にウーロン茶にするよ」

「あ、そ、それで大丈夫です！」

舌が上手《うま》く回っていないのが、自分でもわかる。

自分が化粧をしていることも忘れて、冷や汗をおしぼりで拭こうとしてしまう始末だ。完全に末期症状だと思う。

拝島先生とお会いできる日が来るなんて、考えてもいなかった。出版社に入ったのは小説の編集がしたかったからだけれど、拝島先生に声をかけて一緒に本を作るなんて、恐れ多すぎて想像すらしていなかった。いつか何かの機会にすれ違うことがあったら、早口で感謝を伝えて逃げ去ろう——そう考えるので精いっぱいだったのだ。

いや、そもそも——この人は本当に拝島先生なのだろうか。

弱冠二〇歳でデビューしたのが一二年前だから、今は三二歳になるはずだ。だが目の前の男性は会社の先輩たちよりも遥《はる》かに若々しく見える。肌の質感や髪の艶などを見ても、二〇代前半と言っても通用しそうなくらいだ。

さっき交差点で目の当たりにした推理力には確かに驚いたが、それだけで確信してしまうのは早計すぎる気がする。

「なに、じっと見てるけど。僕の顔に何かついてる？」

「あ、いえ、その……」

我ながら酷《ひど》い有様《ありさま》だ。ついさっきまでは、『仕事のできる知的な女性』という体を装っていたのに。

いつまでもこんな状態では会話にならないので、私は卓上の醬油《しょうゆ》やソースの減り具合をつぶさに観察することでどうにか動揺を鎮める。

拝島先生が店員に注文するのを見届けてから、少し探りを入れてみることにした。

「まさか、拝島先生が読書会にいるなんて思いませんでした」

「まあ、メディアに顔は一切出してないから。気付かないのも無理はない」

「……どうして参加されたんですか？」

「目的の一つ目は、きみに会うことだった」

「え？　で、でも、私の正体には読書会の間に気付いたんですよね？」

「さっきの推理は、きみをここに連れてくるための方便だよ。本当は、最初から全部知っていた」

拝島先生は、心底面倒臭そうにスマホの画面を見せてきた。

みきりの@出版社勤務　　@miki_rino1205

それは、私が匿名でやっているツイッターアカウントだった。

「え、なんでそれを……」

「現代人は用途に合わせて色々なＳＮＳを使い分けているけど、愛着からか惰性からか、アカウント名は同じものを使っている人間が多い。だから僕は、主催者の矢坂が読書会参加者を募る投稿をしたとき、それに反応した全員分のアカウント名で検索をかけてみたんだ。

そしたら、インスタグラムにもいた『miki_rino1205』をツイッター上で発見したわけだ。『締め切り』というワードがほぼ週一回のペースで出てきたり、深夜に罪悪感を吐露するような投稿を何度かしていることから考えて、写真週刊誌の記者であることはすぐにわかったよ。それから、だいたいの生活圏も投稿内容から把握できた。あとは、さっき君に言った推理で社名を突き止めれば完了だ」

「特定、したわけですか」

「正義中毒の連中に使うような語彙は嫌いだな」

「わ、私に接触した目的は？　まさか、正式に抗議するため、だったり……」

「なんだ、僕の作品を不当に攻撃している自覚はあるのか」

仮面を剝ぎ取った拝島先生は相変わらずの無表情だが、怒っていないはずがない。今まで読んできたインタビュー記事などで、拝島先生が小説を書くという行為にどれほどの熱量を注いでいるのかは知っているつもりだ。

「まあいいよ。会社ときみ個人の思想は別だ。ツイッターの投稿と読書会での発言を見る限り、どうやらきみは敵ではなさそうだし」

「……ありがとうございます。あの、私も読者の一人として、週刊風雅の方針にはぜんぜん納得してなくて。あ、いや、別にその、許してほしいってわけでは……」

申し訳なさと恥ずかしさが同時に込み上げてきて、顔を上げていられなくなる。

そうしているうちに、店員が飲み物とお通しを運んできた。手をつけるわけにもいかず視線を彷徨《さまよ》わせる私と、平然とウーロン茶を飲む拝島先生。

気まずい沈黙がしばらく流れた後、彼は静かに言った。

「きみは記者にはまるで向いていないらしい。経験が浅いからなのか、単にお人好《ひとよ》しなのか……とにかくきみは、仕事のために感情を割り切ることができない」

言葉とは裏腹に、声色に攻撃的な響きは混じっていなかった。

私は思わず顔を上げ、拝島先生の意図を読み取ろうとする。

「だからこそ、きみを選んで正解だった」

「え……？」

「きみは出版社の都合では動かない。いつ転職してもいいと考えているし、まだ新卒二年目だからやり直しも利く。それに、きみは僕の熱狂的な読者でもある」

「そうはっきり言われると、なんか恥ずかしいですけど……」

「だからきみは、僕の調査に協力してくれるはずだ」

「ちっ、調査……？　まさか、例の模倣犯のですか？」

「よし、乗り気だな」

「ま、まだぜんぜん乗ってません！　説明が足りなさすぎます！」

勝手に話を進めようとする唯我独尊っぷりに、私は妙な納得感を覚える。疑いの気持ちはもう消えていた。

間違いなく、この人こそが拝島礼一だ。

あんな、地獄のように鋭利で洗練された、偏執的なまでのこだわりが詰め込まれた物語を紡ぐ小説家が、まともな人間であるはずがない。むしろ、インタビュー記事での好青年めいた受け答えの方に違和感を覚えていたくらいだ。

完全に、解釈が一致している。

ずっと頭の中で思い描いていた拝島先生のイメージと、不機嫌そうにこちらを見つめる彼の姿が、恐ろしいほど滑らかに重なっていくのを感じた。

「先生が模倣犯を見つけて、私が真相を記事に書く――その認識で合ってますか？」

「なんだ、理解が早いな」

「……無謀です」

「僕はそうは思わないけど」

簡単に断言したあと、拝島先生はウーロン茶を一口だけ呷《あお》った。

氷が涼しい音を立て、大気の密度が一瞬だけ変化する。

「……まあ、端的に言って僕は怒ってるんだ。ただの殺人犯なら勝手に捕まって勝手に裁かれていればいいけど、この犯人だけは僕自身の手で一刻も早く捕まえなきゃいけない。これ以上、〈絵札の騎士〉の解釈が歪められるのは我慢できないんだよ」

「解釈、ですか？」

「やり方が美しくない、という意味だよ。僕が描いた〈絵札の騎士〉は、SNSに死体の写真を投稿するような下品なことはしない。彼は彼なりの美学に則《のっと》って連続殺人を繰り返してるんだ。だけど、この模倣犯はそこのところをまったく理解していない！　……ああもう、致命的だよ。お粗末な実写映画に激怒する漫画家の気持ちがよくわかったね。

でも、こういう凶悪事件の場合――警察は間違いなく報道規制を敷くだろう。模倣犯の解釈がいかに雑で、センスが終わっていて、僕と世の中にとってどれほど有害なのかを知らしめる機会は、普通のやり方じゃ永遠に訪れない。だからこそ、雑誌記者のきみに協力してもらう必要があるわけだ。……はい、これで理解してくれた？」

　──やっぱり、この人はまともじゃない。

　もちろん根っからの悪人ではないが、義憤に駆られて動くような人種でもないのだ。

　ただ、作品の品格を守るために。

　この人はどこまでも純粋に、小説家として動いている。

「……もちろん、先生はミステリ作家として超一流だと思います。どんな思考回路ならあんなトリックを思い付くのか毎回驚かされますし、犯罪者の心理とかにも物凄く詳しいことも知っています。でもですね、これは現実なんですよ。実際に三人も殺された、凶悪事件なんです」

「わかりきったことを言うね」

「危険すぎるって言いたいんです！　いいですか、犯人は間違いなく先生のことを崇拝してますよ。追いつめたら何をしでかすかわかりません。命の危険だって……！」

「はは、そっちの心配か」

　居酒屋の喧騒《けんそう》がふっと止《や》み、世界に静寂が引《ひ》き摺《ず》り出《だ》される。

　皮肉げに口許《くちもと》を歪める天才作家から、私は目を離すことができない。

「きみは、僕が犯人を見つけられること自体は疑っていないわけだ」

「それは……」

「僕には、この犯人の思考が手に取るようにわかる。まあそれも当然か。そいつ自身が、僕の思考を必死で真似しようとしているんだから。だから必然的に、僕が模倣犯に後れを取るなんてことはありえない。最初から、全部そう決まってるんだよ」

恐ろしく不遜なことを言っているのに、暗灰色の瞳は確信に満ちていた。これが、今まで数多くの名作を生み出してきた小説家の証《あかし》なのだ。

高校時代からずっと妄想してきた通り、拝島先生はまともな人じゃなかった。まともじゃないからこそ、彼なら何でも実現できると思えてしまう。

不意に、身震いを覚える。

犯罪心理を分解し、数々のトリックを構築し、何十万人もの読者を完膚なきまでに欺いてきた天才作家が、己の作品が生み出してしまった殺人鬼と対峙《たいじ》する——果たして、そんな展開に心が躍らない読者などいるのだろうか？

気付いたら、私の口は勝手に動いていた。

「……協力するには、一つだけ条件があります」

「転職先の口利きなら専門外だけど」

「違います。……たぶん、先生にとっては簡単なお願いだと思います」

「何だろう。週刊風雅で連載を書いてほしいとか？」

「いいえ、そこまでは望んでません」

先生を不当にバッシングした雑誌で、連載を始めてもらうなんて厚顔無恥もいいところだ。だいたい、自分が拝島先生の担当編集をするなんておこがましい。

気力を振り絞って、私は拝島先生の瞳をまっすぐに見つめた。

「……次に書く新作を、誰よりも早く読ませてください」

そんなことでいいのか、とでも言うような顔で先生は苦笑した。

やはり、この人は知らないのだ。

そんなことが、生活を懸けてもいい理由になってしまうことを。

私は、鬱屈とした青春時代を拝島先生の小説に救われてきた。恐ろしくも魅力的な犯罪者たちと、彼らが紡ぐ芸術のようなトリックに心を掻き立てられ、まるで先の読めない物語に心躍らされた。作品に没入している間はつらい現実を忘れられたし、新刊の発売日を心待ちにすることで灰色の日々をどうにか生き抜くことができた。

今の私があるのは、間違いなく拝島先生のおかげなのだ。

――だから私は、この人の作品を守るためならなんだってする。

「どうやらきみは、かなり面倒な性格みたいだね」

「先生ほどじゃありません」

相変わらずの無表情でウーロン茶を呷ったあと、先生は言った。

「……まあいい。これで、めでたく契約成立だ」

＊

狂ったように泣き叫ぶ女を見下ろし、私は途方もない恍惚《こうこつ》を覚えた。

ガムテープで覆われた口からは不明瞭でくぐもった音が漏れるだけで、意味を持った言葉を紡ぐことなどできない。両手足は金属製の椅子に荒縄で括《くく》り付《つ》けてあるし、椅子自体も床にボルトで固定してある。この〈聖域〉は周囲に森と闇以外に何もない廃屋なので、誰かに助けを求めることも不可能だ。

それでも女は、拘束から逃れようと必死にもがいている。

そんな健気《けなげ》さが私の涙を誘った。この女はまだ希望を捨てていないのだ。幼少期から周囲の全員に愛され、己自身の才能と努力によって輝かしい道途を切り開いてきた自分に、これほど残酷な結末が許されていいわけがないとでもいうように。

女は、幼少期から類《たぐい》まれな向上心の持ち主だった。

誰に強制されるでもなく五つもの習い事を掛け持ちし、誰に強制されるでもなく私立小学校の受験勉強に励んだ。小学校・中学校・高校と常にトップクラスの成績を維持。それでいて部活動も疎《おろそ》かにせず、高校二年生の頃には短距離走でインターハイに出場するほどの文武両道ぶりを発揮した。

その後の経歴はまさに黄金の輝きを放っている。東大法学部に難なく合格し、法科大学院在学中に一発で司法試験に合格。国内最大級の弁護士事務所に入所するとすぐに頭角を現し、たった三年で多くの顧客を引き連れて独立するまでになった。今では弁護士業の傍らテレビにも頻繁に出演し、美しすぎる女性弁護士だの、法廷の女神だのと持《も》て囃《はや》されている。

そんな高貴な女が今、涙と涎《よだれ》を垂らしながら必死に命乞いをしているのだ。

彼女の中では今、己の信じてきた正しさが音を立てて崩壊していることだろう。哀れな羊の価値観が再構築され、死の間際になって世界の本質を知る——まさに至高の瞬間だ。その尊さを思うと、今にも激情が暴発しそうになる。

どうにか冷静さを保ちながら、私はナイフの切っ先で女の頬を撫《な》でてやった。

「……私は、殺人こそがコミュニケーションの究極形だと考えている」

ナイフの先端から女の震えが伝わってくる。辺りには彼女から放たれたアンモニア臭が充満していた。

「殺す者と、殺される者。その間には余計な装飾も退屈な駆け引きも存在しない。肩書きも名誉も財産も思想も限りなく希釈され、恐怖・痛み・快感といった原始的で本質的な感情だけが残る。理解できるか？　きみと私は余計なもので澱《よど》んだ世界から解放され、二匹の動物として深く繋《つな》がることができるんだ」

私は懐から四枚のカードを取り出した。

ハートの2、ダイヤの3、スペードの3、クラブの2がそれぞれ印刷されている長方形の紙切れが、コミュニケーションを更なる高みへと導いてくれる。

「一方通行のコミュニケーションなどゴミだ。だから殺人も、殺す者と殺される者が共同で作り上げるべきものだと私は思う。

そこできみには、自分がどう殺されるかを選ぶ権利を与えよう。ゆっくり考えるといい。きみが選んだ殺害方法に従って、全力で奉仕することを約束するよ」

私は女の口からガムテープを剝ぎ取り、目の前に四枚のカードを提示してあげた。

もはや声も嗄《か》れてしまった彼女は、壊れたような笑みを浮かべながら四種類の紋標《スート》を目で追いかけることしかできない。

「さあ、汚れた固定観念を捨てろ。本能を研ぎ澄ませろ。自分が信じてきた正しさが虚飾に塗《まみ》れていることを悟り、真の人間性を獲得するんだ。——そして叫べ。いったいきみは、私にどうやって殺されたい？」

＊

その先に続く凄絶な拷問シーンを目で追いかけて、殺人者は長い溜め息を吐いた。

何度読んでも、〈絵札の騎士〉という殺人鬼の造形には心を奪われる。大胆かつ冷静沈着で、己の欲望に忠実で、機知に富み、おまけにユーモアのセンスまで兼ね備えた完全無欠なパーソナリティ。しかもそれは先天的な才能ではなく、殺人鬼自身が血の滲むような努力によって獲得したものというのも素晴らしい。

ただ殺人鬼が人を殺し続けるだけの作品にここまで心が掻き立てられるのは、殺人者が〈絵札の騎士〉に自己を投影しているからに他ならない。

彼は、人々が当たり前のように信じている正しさを否定してくれた。悪意もなく世界を歪めてしまう有害な人間たちを殺すことに意味を与えてくれた。ずっと頭の中を占めていた考えを真正面から肯定してくれた。

どうして彼は、会ったこともない自分のことを理解してくれているのだろう。

誰にも打ち明けたことのない秘密だったのに。

一生理解してくれる相手なんていないと思っていたのに。


殺人者は文庫本を閉じ、比較的空《す》いた地下鉄の車内を見渡してみた。

乗車してからずっとスマホゲームに熱中しているターゲットは、向かいの座席に殺人者が座っていることに気付いていない。もちろん、自分のくだらない人生がどのような結末を迎えるのかなど、想像したことすらないのだろう。

ターゲットが次の駅で降りたので、適度な距離を保ちつつ自分も続いた。

今日はまだ殺さない。尾行して行動パターンを把握するところまでだ。

先生は、自分に「ありのままでいい」と教えてくれた。ありのままの自分を見つけられることが、人間にとってどれほど幸運なことであるのかも。先生と出会ってからの自分は、それ以前の自分とはまるっきり別の生命体なのだろう。

これまでに殺してきた人間たちの悲鳴を脳裏で反響させながら、殺人者は無防備な背中を追いかけていく。

第二章「捜索」

1

拝島先生は、人間の心理を操る術《すべ》を完璧に知り尽くしている。友達が本当に一人もいなかった高校二年生の頃、私は先生の術中にまんまと嵌《は》まって熱狂的な読者になってしまった。

きっかけは、限られた人間だけが開催を知っているトークイベントだ。

実は〈絵札の騎士〉の初版本には仕掛けが施されてあった。バスルームに横たわる女性の死体が描かれた印象的な装画の中に、こっそりと暗号が隠されていたのだ。脳細胞を総動員し、さらに学校を二日もズル休みするという裏技を駆使することで、私はどうにか暗号を解き明かした。

バスルームの壁面や遺体の衣服にこっそりと描かれていた数字を全て掛け合わせると、八桁の数字が算出された。でもそれだけでは不充分。もう一つのヒントは、単行本のカバーを外すと現れる白黒の装画の中に隠されていた。イラストそのものは同じだが、配置されていた数字だけがまるで違ったのだ。それらを掛け合わせると、今度は九桁の数字が導き出される。

八桁と九桁。

それらの数字がそれぞれ緯度と経度を表していることに気付いた瞬間、私はもう一日学校をズル休みすることに決めた。

翌日は早朝からバスや電車を乗り継いで、二時間以上もかけて暗号が示す座標へと向かった。そこは東京都千代田区《ちよだく》の一角にある何の変哲もない公園。推理が外れたのかと落胆しかけたが、意外にもその日の神様は私に優しかった。

〈絵札の騎士〉がミネラルウォーターを愛飲していたことをふと思い出し、とりあえず喉を潤そうと自販機に向かったとき、側面にQRコードだけが記されたシールが貼られているのを偶然発見したのだ。

それを携帯で読み取ったときの歓喜は、未《いま》だに昨日のことのように思い出せる。

白地の背景に黒いテキストだけが配置された無骨なWEBサイトに、拝島先生のトークイベントが極秘開催される旨と、その日時と開催場所、情報がネットに拡散された場合は即座に開催を中止するという注意事項が記されていた。

単行本を初版で購入し、わざわざカバーを外してまで隠された暗号を発見し、それを解読した上で千代田区の公園に向かい、さらに自販機に貼られたシールを見つけなければ開催されることすら把握できないイベント。

私は拝島先生が仕掛けた壮大なギミックに感動し、同時に凄まじい優越感を覚えた。きっと、この情報に辿《たど》り着《つ》けたのは世界で私だけだ。鬱屈とした日々を救ってくれた憧れの小説家に、一対一で会える権利を手に入れたのだ、と。あれほど苦痛だった高校生活さえも、高く飛ぶための助走だったのだと思い込めるようになった。

当日、私は〈絵札の騎士〉のお気に入りの場面を読み返しながら電車に揺られ、江《こう》東《とう》区《く》のオフィス街にあるレンタルスペースへと向かった。

会場にはすでに十数人のファンがいて、少しだけ落胆したことを覚えている。SNSなどで調べてもイベントや暗号について触れている人はいなかったので、本当に参加者は自分だけだと思っていたのだ。

でも、そんな感傷は一瞬だけだった。

あんな暗号を解いてしまうほど熱狂的な読者が、自分以外にもこんなにいる――そんな嬉しい事実の方が、些《さ》細《さい》な優越感なんかよりよっぽど心を震わせたのだ。

私は整然と並べられたパイプ椅子に座りながら、壇上に置かれた背の高い椅子を見つめて想像を膨らませていた。

拝島先生は、メディアには一切顔を出していないばかりか、デビューのきっかけになった文学新人賞の授賞式にも出席しなかったという極端な秘密主義者。公開されているのは年齢と性別くらいだ。

いや、先生のことだからそれすらも嘘という可能性がある。イベントが始まったとき、美しい女性がステージに現れたとしても全く不思議じゃないと思った。

だが、結局のところ拝島先生は姿を現さなかった。

代わりに壇上の椅子に座ったのは、たった一人しかいない運営スタッフが運んできたブリキ人形。雑誌やＷＥＢメディアの取材記事でもよく見る、二足歩行の猫を模した摑みどころのないキャラクターだ。何の説明もなく、この人形が先生本人として取材を受けているシュールさが話題となり、インタビュー記事がツイッターのトレンドに入ったこともあった。

試練を潜《くぐ》り抜《ぬ》けてここに集まった生粋のファンたちにも姿を見せないという徹底ぶりに、私は皮肉ではなく本当に感動を覚えた。

これでこそ拝島先生だ。

凡人の私たちの想像なんて、いとも簡単に裏切ってくれる。

『お集まりいただきありがとうございます。拝島礼一と申します』

落ち着いた男性の声が、ブリキ人形の胴体にあるスピーカーから放たれた。少し低くて、それでいてよく通る声。聴覚だけで把握できる情報はそれくらいだが、なぜか声の主が拝島先生であることだけは確信できた。

『トークイベントと銘打っていますが、皆さんのような特別な読者とは、ぜひ双方向のコミュニケーションをしたいと思っています。参加者名簿を見てみたら、いつもファンレターを送ってくれている方ばかりだったのでね。なので今回は、皆さんの質問に一つ一つお答えしていく会にしたいと思います。質問は何でも結構ですよ。容姿に関すること以外なら』

そこからの九〇分間は、まさに至福の時間だった。

参加者が次々に投げかける質問に、ブリキ人形の姿をした拝島先生が丁寧に答えていく流れ。最初のうちは、作家を目指したきっかけや影響を受けた作品といった基本的な質問がほとんどだったが、トークが進むにつれて参加者たちはどんどんヒートアップしていった。

〈薔薇薔薇薔薇〉刊行時のインタビューで語っていた、コンプライアンス的にボツにせざるを得なかった拷問方法のアイデア。〈絵札の騎士〉の主人公が、最初の殺人の際に使用した毒薬の名前。〈寄生人間〉のヒロインがラストシーンで海に行った理由。参加者たちの質問は、どんどん深くて狭いものになっていく。

拝島先生は、どんな質問にも澱みなく答えてくれた。

作風や秘密主義的なスタンスのせいで誤解されがちだが、先生ほど読者を大切にしてくれている作家は中々いないと思う。

それが嬉しくなって、私も勇気を出して質問をぶつけてみた。

「どうして、拝島先生は――」

*

無機質なアラーム音が、私を幸福な夢から引き摺り出した。

アラームを止めるついでにスマホの画面を確認する。日曜日の午前五時。六時半に家を出ればいいとはいえ、今から二度寝する勇気はさすがにない。

四畳半の自室を出て、誰もいないリビングに向かう。同居人の絵里は昼過ぎまでは自分の部屋で寝ているはずなので、あまり音を立てないよう注意しつつ朝食を摂《と》り、また自室に戻って身支度を整える。

拝島先生からは、『朝七時に阿佐ケ谷《あさがや》駅集合』以外の情報を何も聞かされていない。

なので当然、どんな服装や化粧が相応《ふさわ》しいのかの判断材料がないのだ。例の殺人事件を調査するという目的があるはずなので、変に着飾った格好で行くのは危険だろう。かといって無難なオフィスカジュアルでまとめるのが正解とも言い切れない。万が一、ドレスコードを必要とする場所に行く展開になったとしたら……。

思考が迷子になっていたせいで、気が付けば家を出る時間が迫っていた。恐れ多さから先生の連絡先を聞いていなかったことを後悔しつつ、私はどうにかクローゼットから服を選び取った。

「……待ちくたびれるところだった」

約束の五分前に阿佐ケ谷駅に到着すると、改札の前で待っていた拝島先生が開口一番そう言った。

先生のコーデは読書会のときと同じく、白のサマーニットに黒パンツという簡素なもの。最終的にブラウスとテーパードパンツを選んだ自分を内心で褒めてあげた。これなら、コンビニのトイレで慌てて着替える手間が生じることはない。

精神的な余裕ができたので、先生の言いがかりにも冷静に反論することができる。

「ええと、七時集合でしたよね？」

「とはいえ、僕は二〇分近くもここで待った」

「……なんでそんなに早く着いたんですか」

「仕方ないだろ、想定よりも首都高が空いてたんだ。タクシーの運転手が面倒な雑談を仕掛けてくるタイプじゃなければ、時間まで適当に周辺を流してもらってたところだけど」

「先生は顔バレもしてないですし、普通に電車で来ればよかったのでは？」

「言ってる意味がわかんないな。タクシーを使えば、切符を買ったり乗り換えを調べたりする煩わしさを排除できるだろ」

「そっか、そういえば超売れっ子作家だった……」

しがない会社員との経済格差を見せつけたあと、拝島先生は私の手元に目をやった。

「というか、どうしてきみはキャリーケースなんか引いてるんだ？」

2

数パターンの着替えが詰め込まれたキャリーケースをコインロッカーに預けたあと、私は南口の商店街へと歩く拝島先生を追いかけた。

日曜日のこの時間は人通りも少なく、二人分の足音がよく響いた。どうにか沈黙を埋めるため、ひとまず当然の疑問を口にする。

「あの、拝島先生……。私たちはこれからどこに向かうんでしょう」

「勘が鈍いな。阿佐ケ谷って聞いてピンと来ない？」

「えっ」ありえない可能性が脳裏を過《よぎ》る。「まさか、でもそれは……」

「やっと気付いた？　今から現場検証に行くよ」

拝島先生は面倒臭そうな表情で私を一瞥《いちべつ》すると、アーケードの脇道から住宅街の方へと入っていった。

阿佐ケ谷駅近くの住宅街――ここで、二一歳の女子大生が殺されている。〈絵札の騎士〉の模倣犯による第二の殺人だ。

被害者の原井琴美は、自宅アパートで首を絞められた状態で見つかったという。報道規制が敷かれているため詳細な情報は入って来ていないが、半年前の市議会議員殺人事件と同一犯だと発表されたからには、警察も何かしらの根拠を見つけているのかもしれない。

原井琴美が殺されたアパートは、遠くから見てもすぐにそれとわかった。古びた外観は報道で何度も見ていたし、『立入禁止』と印字された黄色い規制線が入り口に張られているので間違いない。

規制線の前に立っている、刑事と思《おぼ》しきスーツ姿の男性が目に入った。

「引き返しましょう、先生。無理に現場に入ったら捕まっちゃいます！」

「普通、規制線は事件から二日程度で取り払われる。そして原井琴美が殺されたのは二週間以上前。要するに、あの規制線は人払いのためのフェイクだよ」

「おっしゃっている意味がわかりません！　ちょっと！」

私の制止を意にも介さず、先生は平然とアパートまで歩いていく。

案の定、アパートの前に立っていたスーツ姿の大柄な刑事が、すぐに不審者の接近に気付いてしまった。眉間に皺《しわ》を寄せ、迷惑そうに拝島先生を睨《にら》みつけている。

ただ、敵意を向けられている当の本人はまるで動じていないようだった。旧来の友人と再会したかのように、先生は軽く手を上げる。

「久しぶり、山倉。元気してた？」

山倉？　どこかで聞いたような気が……。

少しして気付いた。読書会に潜入した拝島先生が使っていた偽名も『山倉』だったのだ。まさか、この刑事から拝借していたなんて。

声をかけられた刑事は首を振って周囲を確認すると、慎重に声を潜めた。

「……困りますよ、拝島さん。俺だって暇じゃないんです」

「知ってるよ。県境を跨《また》いだ捜査は大変だ」

「だったら何で事件現場を見たいだなんて……！　こんなのバレたらクビですよ俺！」

「僕が、きみの懲戒免職モノの弱みを大量に握っていることを忘れたの？　大学時代のアレやアレまで含めたら、もう迂闊《うかつ》に街を歩けなくなるかもしれない」

「ぐっ……！」

「まあ安心していいよ。僕が直々に模倣犯を見つけてあげるから」

清々《すがすが》しいほどの振り回されっぷりに、思わず親近感を覚えてしまう。

どういう繋がりかは知らないけれど、この人も唯我独尊な天才作家の被害者なのだ。

拝島作品の特徴である圧倒的なリアリティの背景には、こんな尊い犠牲があったということだろうか。

同情に満ちた視線を浴びて、山倉さんはようやく私の存在に気付いたようだ。

「……ええと、こちらの方は？」

「週刊風雅の記者で、僕に密着取材している最中」

「あ、織乃と申します」

「どうも、警視庁捜査一課の山倉で……」

私が差し出した名刺を条件反射で受け取ってから数秒後、山倉さんは我に返ったように狼狽《ろうばい》し始《はじ》めた。

「って雑誌記者⁉ そんなの困りますよ！」

「心配しなくても、こんな違法行為で得た情報なんて絶対記事にできないよ」

今のは聞き捨てならない発言だった。

「い、違法行為って……嘘ですよね⁉」

「高学歴なのにそんなのも知らないの？ 住人や警察でもないのに事件現場に足を踏み入れるなんて、立派な住居侵入罪だろ」

「というか、どうせ書けないなら何で私も同行しなきゃいけないんですか！」

「犯人を特定したら記事にする約束だっただろ。なら、たとえ詳細は書けなくとも僕の推理の過程を知っておくのが当然。手抜き仕事は断固拒否させてもらう」

「そんな無茶苦茶な！」

「降りたければ降りればいい。僕の新作を真っ先に読む権利は剥奪されるけど」

「な、なんて卑怯《ひきょう》な戦法をっ……！」

「もう諦めましょう。この悪魔に目をつけられたのが運の尽きです……」

山倉さんは私の肩に手を置き、窘《たしな》めるように首を振った。その顔には、長年蓄積されてきた苦労と諦念が垣間見《かいまみ》えた。

群馬の田舎にいるお父さんとお母さんに内心で謝罪しつつ、二人に続いて事件現場の二〇一号室へと侵入する。山倉さんから渡されたスリッパを履き、六畳半のワンルームに足を踏み入れた。

最初に感じたのは、今まで嗅いだことがないほど強烈な臭気だった。生ゴミやチーズが腐ったような臭いの中に、糞尿《ふんにょう》の臭いまで混ぜ込まれている。

――間違いなく、これは死臭だ。

まだ暑い日が続く九月中旬に死体が数日間放置されれば――こんな地獄が簡単に形成されてしまうのだ。肝心の死体はとっくに運び出されているにもかかわらず。

「頼むから、現場は汚さないでくださいよ」

「は、はい……」

私の反応を予測していたかのように、山倉さんがビニール袋を手渡してくる。だが拝島先生がいる場で嘔吐《おうと》するわけにもいかず、胃の底から込み上げてくるものを強引に呑《の》み込《こ》んでやり過ごした。

拝島先生は、何食わぬ顔で部屋の奥へと進んでいた。

事件から日数が経《た》っているからだろう。私が想像していたような、紐《ひも》で象《かたど》られた人型やポリ袋に入れられた証拠品などはもう撤去されていた。それでも、ここが殺人事件の現場であることに疑いの余地はない。

ひっくり返ったテレビ、棚から落下した漫画やぬいぐるみ、窓際まで追いやられたテーブルや座椅子、白いカーペットの半分を埋め尽くす赤黒い染み。二週間前にこの部屋で起きた惨劇を否《いや》でも連想させる光景に、私は重度の眩暈《めまい》を覚えた。

「マル害の原井琴美は両手足をロープで拘束され、そのカーペットの上で仰向けになって倒れていました。首筋に軽い火傷痕《かしょうこん》が残っていたことから、犯人はスタンガンで彼女を気絶させてから犯行に及んだものと思われます」

しばらく思索の海に潜っていた拝島先生が、カーペットの染みを指差した。

「じゃあ、首を絞めた凶器もロープ？」

「いえ、その……彼女は針金で首を絞められていました」

山倉さんは吐《は》き棄《す》てるように言った。とてもではないが、その先の詳細を説明することはできないとでもいうような顔で。

だが、そもそも拝島先生に説明なんて必要ないはずだ。

「針金で作った輪に被害者の首を通し、ペンチで輪を捩《ねじ》っていくことでゆっくり首を絞めたんだな。恐らくは、気絶した被害者が目を覚ますのを待ってから」

「……どうしてそれを？」

「僕が作中で描いた。〈絵札の騎士〉による五番目の殺人とほぼ同じ手口だ」

私も同じことを連想していた。

この連続殺人が〈絵札の騎士〉の模倣犯によるものなら、手口のインスピレーションを作中から得るのは当然の話かもしれない。

「座椅子やテーブルが窓際に寄せられていたのも作中から得た発想だろうね」

「え、マル害が暴れたからじゃないんですか？」

「座椅子はともかく、テーブルなんて重いものが窓際まで弾き飛ばされるわけがないだろ。犯人が自ら移動させたに決まってる」

「でも、何のために」

「原作通りなら、犯人はベッドに座った状態で、カーペットの上で悶《もだ》え苦《くる》しむ被害者を写真か動画に収めていたんだ。そんなときにテーブルや座椅子があったら邪魔だろ？　画角に余計なものが入ったら、構図が崩れてしまう」

「……なんですかそれ。イカレてる」

「異常殺人犯には、殺人に記念品を求める習性がある。〈絵札の騎士〉も例外じゃない」

それも、〈絵札の騎士〉で描かれたシーンと合致する。

殺人を究極のコミュニケーションと定義する主人公は、舞台を演出することに異常なほどこだわっていた。こだわりが高じて、作品の後半では山奥の廃屋を殺人専用の部屋に改造してしまったほどだ。

改めて、得体の知れない模倣犯を恐ろしく思う。

私が〈絵札の騎士〉を読んで感じたのは、理不尽な暴力に対する嫌悪であり、主人公が野放しのまま殺人鬼として成長していく展開への恐怖だった。

この模倣犯のように、快楽殺人者に憧れてしまう精神性は全く理解できない。

「で、目撃証言は？」

私の怯《おび》えなどお構いなしに、先生は淡々と訊いた。

「いや、有力な証言はまだ。物音を聴いたという声も上がってきていません。ここは角部屋で、隣の部屋は空室になっているので……。真下の一〇一号室には会社員の男が住んでますけど、事件があった日は出張で大阪にいたという話です」

「遺体が腐敗していたのに、どうして推定死亡日がわかる？」

「近隣住宅の防犯カメラに、犯人らしき人物が映っていたんです。……ただ夜間なので鮮明な映像ではなかったですし、何よりそいつは帽子・サングラス・マスクの完全武装だったので人相もわかりません。体格から、成人した男であることは辛《かろ》うじて推測できましたが……」

「なるほどね。第一発見者は？」

「交際相手で、歌舞伎町《かぶきちょう》のホストクラブに勤務している野島孝弘《のじまたかひろ》という男です。最初はこの男が捜査線上に上がっていましたが、防犯カメラに不審な男が映った時間帯は店にいましたし、埼玉で起きた第一の事件、それからつい先日起きた第三の事件のときにもアリバイがあります」

「要するに、警察はまだ犯人の目星をつけられていないわけだ」

「……まあ、そういうことになります。現場からは犯人を特定する証拠――指紋や毛髪、体液の類も一切見つかってませんし」

立て続けに三人もの人間を殺すという行為は、ただ凶暴なだけの獣には不可能だ。この模倣犯は警察の捜査方法に詳しい上に、恐しく知能が高い。防犯カメラに姿を晒したのも、ただの挑発だろう。

まだ部屋に入って数分しか経っていないが、そろそろ職業倫理的な限界を迎えたらしい。山倉さんは腕時計をチラリと見て言った。

「もう現場はいいでしょう、拝島さん。そろそろ移動しませんか」

私たちはアーケード街に戻り、最初に見つけたコーヒーチェーンに入った。まだ鼻孔に死臭がこびりついている気がして、正直コーヒーを舌先で舐《な》めるのが精一杯だ。それは捜査一課の刑事である山倉さんにしても同じようで、私の隣でイチゴのショートケーキを黙々と食べる拝島先生に心底呆れ返っていた。

「……なに。ジロジロ見るなよ」

「相変わらず神経が太いですね、拝島さんは。大学時代から何も変わらない」

これまでの会話から推測するに、拝島さんと山倉さんは大学の先輩後輩という関係なのだろう。

こんな滅茶苦茶《めちゃくちゃ》な人が先輩にいたら大変だ。というか、拝島って名字はペンネームじゃなかったのか。

まだ早朝で、奥まった席を選んだため周囲に他の客はいない。その事実をしっかり確認してから、山倉さんは声を潜めて切り出した。

「そういえば、三件の殺人が同一犯の仕業だと断定できた根拠をまだ教えてなかったですね。実は、三つの現場には……」

「トランプのカードがあったんだろ」

拝島先生はフォークでスポンジを切り崩しながら言った。

そういうことか、と私も思わず納得する。

「どうしてわかったんですか？　確かに、〈絵札の騎士〉にも登場するアイテムらしいですけど……」

「警察が連続殺人と断定した根拠を記者クラブにも開示していない理由を考えれば、すぐに逆算できる。もしそんな情報が公表されれば、全国各地で気に入らない人間の家にトランプを送り付ける悪戯が多発するだろうから」

「なるほど……。では、各現場にあったカードの種類ですが――」

「スペードのA、クラブのA、ダイヤのA」

今度は、私と拝島先生の声が重なった。

私たちからすれば当然のことだが、山倉さんは驚きのあまり目を見開いている。

「……凄いな二人とも。え、どこからか情報漏れてました？」

「なに、その反応。むしろこっちが驚きたいところだよ」

拝島先生が呆れるのも当然だ。カードの種類なんて、〈絵札の騎士〉の読者なら簡単に導き出せる。

殺人現場にトランプのカードを一枚隠すのが、〈絵札の騎士〉が採用した殺人鬼としての署名だった。

紋標《スート》は殺害方法を、数字はその方法で殺害した累計人数を表す。ハートが毒殺、ダイヤが撲殺、クラブが絞殺、スペードが刺殺。たとえば、絞殺された最初の被害者である原井琴美の遺体の傍《そば》には、〈クラブのA〉が置かれていたはずだ。

「遺体の写真は撮ってる？」

先生のあまりにも非常識な要求に、コーヒーを吹き出しそうになる。こんな朝早く、それもこんな平和な喫茶店に相応しい発言じゃない。絶対違う。

しかし山倉さんには特に拒否権など無いらしく、周囲をキョロキョロと見渡しながらスマホを提示してきた。

当然ながら私は目を背ける。

「……腐敗しててわかりづらいけど」

スマホの画面を拡大しながら、拝島先生は口の端を歪めた。

「唇の回りが少しかぶれている。被害者の口を塞いでいたガムテープを強引に剝いだ証拠だよ。たぶん、彼女が事切れる前に」

「ええ？　そんなことしたら助けを呼ばれるんじゃ……」

「充分に恐怖を味わわせたあとで、凶器を喉元に突きつけておけば問題ない。それに、犯人にはガムテープを剝がす必要があるんだ」

スマホから目を背けたまま、私が結論を引き継いだ。

「……被害者に、自分が殺される方法を選ばせるため」

「そう。〈絵札の騎士〉は、それこそがコミュニケーションの究極形だと考えている。というか山倉、模倣犯による殺人だとわかった時点であの作品を読むのは当然だろ。捜査本部で命令されなかった？」

「すいません、忙しくて……」

「はあ……。で、捜査本部は犯人像についてどう考えてんの」

生クリームのついたイチゴを口に放り込みながら、拝島先生は言った。

私の数倍は服従の精神が染みついている山倉さんは、絶対に明かしてはいけないであろう情報を澱みなく語り始める。

「犯人は典型的な秩序型の連続殺人鬼。こういうタイプの常として、職場での働きぶりや人間関係は良好で、比較的知能が高い人物だと推測されます。マル害の三人は皆夜間に殺されているので、日中は普通に仕事をしている人間という可能性が高いですね。あとは……そうだ。最初の事件から原井琴美が殺された第二の事件までは半年ほど空いているのに対して、それから先日の第三の事件まではたった二週間なんです。成功体験を得た快楽殺人者にありがちですが、だんだんと欲求が抑えきれなくなって間隔が短くなっているんでしょう。このままいけば、いずれ致命的なボロを出すだろうというのが捜査本部の見解です」

「いかにも犯罪心理学者が導き出しそうな結論って感じだ」

「拝島さんの見解は違うんですか？」

「前提として、この殺人鬼は模倣犯でしょ。それも、小説の主人公に自分を投影するほど極端に思い込みが激しい人物。知能が高くて表面上はまともに社会生活を送ってるのは確かだろうけど、その裏側では極端な行動に出ている可能性が高い」

「極端な行動……というと？」

できの悪い生徒を前にした教師のように溜め息を吐いたあと、拝島先生は山倉さんのスマホを勝手に操作し始めた。

テーブルの上に置かれた画面には、ツイッターの投稿が表示されている。

ことみ@趣味垢　@Ko_kkoooooo　三月一八日

中学の同級生が、某ヤンキー漫画と同じ方法で不良たちに拷問されたのを思い出す。その子は結局トラウマが原因で自殺したよ。まだ高校生になったばかりだったのに。表現の自由ってよく聞くけど、人殺しを助長する表現までアリなの？こういう小説を書く作者って、いったいどんな神経してんだろ。

あ、と思わず声が漏れる。私もこの投稿を目にしたことがあったのだ。

引用リツイートされているのは、大手新聞社の公式アカウントが公開した記事。〈絵札の騎士〉の模倣犯による最初の殺人──埼玉の市議会議員が殺された事件についての続報を伝えたものだった。

この投稿は一〇万件近くリツイートされ、ネットニュースにも大々的に取り上げられた。それからの数日間、各種メディアで『「作品に罪はない」は本当か』という議論が過熱していたのも覚えている。

アカウント名から察するに、これはさっき現場を見てきた第二の被害者──原井琴美による投稿なのだろう。

「最初の被害者である白瀬健人は、〈絵札の騎士〉の有害図書指定化を進めていた市議会議員。第二の被害者・原井琴美はこのツイートで注目を浴びたあと、僕の作品を批判する投稿を繰り返している」

「まさか」私は思わず声を出していた。「つい先日殺された、第三の被害者も……」

「そう。彼は〈絵札の騎士〉の発禁処分を求めるツイッターデモを呼びかけたり、『政府はこれを機に残酷な表現を禁止すべき』という主張を拡散させようとしていた、熱心な表現規制論者だよ。殺害現場の写真が投稿されたせいでアカウントはすぐに削除されたけど、過去の投稿はスクリーンショットに撮られて見事に拡散されてる」

「……つまり、〈絵札の騎士〉のアンチ活動をしている人物が狙われている――そういうことですか？」

「まあ、そう考えるのが自然だね」

「じゃあ、さっき先生がおっしゃっていた『極端な行動』って……」

「模倣犯は僕の作品の狂信者。こういうアンチツイートが拡散されているのを見たら、我慢できずに正義感を暴走させてしまう可能性も充分あると思う」

先生は指先で画面をスクロールさせていく。

原井琴美による投稿の返信欄には、夥《おびただ》しい数のコメントが溢れかえっていた。

彼女の主張に賛同する意見。知人が似たような体験をしたと共感する声。バズったツイートには一枚嚙んでおこうという魂胆が見え見えの政治家や活動家たち。

その中でも特に多かったのは、彼女を激しくバッシングする投稿だ。

『嘘つくなよ。そんな事件が起きたらとっくに報道されてるわ（笑）』『また出たよ、表現規制論者が。そのうち政府による検閲が必要とか言い出しそうだな』『芸術にコンプライアンスを持ち込むのはもうやめませんか？　本当に気持ち悪いです』『どうせこいつ、小説なんか一度も読んだことないんだろうな』

原井琴美の投稿の真偽なんて私にはわからない。もっと正直に言うと、拝島先生のファンとして複雑な気持ちになったのも確かだ。

でも、悪意に満ちたリプライを綴《つづ》り、実際に投稿ボタンを押してしまえる心理はまるで理解できない。こんなの、面と向かって罵倒しているのと何も変わらないのに。画面の向こうでは、血の通う一人の人間が確かに傷ついているというのに。

途方もない気持ちになる。

模倣犯の一件を受けて拝島先生をバッシングしたり表現規制を唱える人たちも、それに憤って暴言を吐く人たちも、自分自身の正義に従って動いているという点ではまるで変わらないのだ。

だからこそ歯止めが利かない。

「〈正義中毒〉――日本に限らず、世界中で蔓延《まんえん》している病気だよ」

拝島先生はコーヒーを一口啜《すす》った。

「その病気の患者たちは、自分と少しでも違う意見が存在することが絶対に許せないんだ。ちょっとした綻びや違和感を見つけたら我先にと群がり、まるで当事者のように怒り狂う。まして、自分の好きなものが攻撃されていると感じた人間はもっと過激化するだろうね。反撃するための完璧な大義名分を得てしまっているわけだから」

「つまり、〈絵札の騎士〉を批判する投稿に攻撃的なリプライを送っているアカウントを辿っていけば……犯人に辿り着けるってことですか？」

山倉さんが結論を急ぐ。

先生は「ＳＮＳでは尻尾を出してない可能性も高いけど」と前置きした上で、淡々と続けた。

「少なくとも、この模倣犯は通常のシリアルキラーとは根本的に違う生き物ってことは確かだよ。性的嗜好《しこう》や破壊衝動なんかじゃなく――こいつは、歪んだ正義感に従ってターゲットを選定している。それなりに知能がある人間なら、ＳＮＳの投稿からターゲットの個人情報を特定するのも不可能じゃないし」

「……なるほど。捜査方針に加えられないか、上司に相談してみます」

山倉さんは手帳にペンを走らせながら、神妙な表情をしていた。

「正義中毒……でしたっけ？　確かに、こういう連中は見るからに凶暴ですね。探せば、前科《まえ》がある人間だっているかもしれない」

「……山倉、きみは完全に誤解してるな」

先生は当然のように否定したが、私にはその理由がわからなかった。

前科者に絞り込んで捜査するのは確かに危険かもしれないけれど、こういう攻撃的な人たちは現実世界でも問題行動が多いのではないだろうか。

「原井琴美を誹謗《ひぼう》中傷しているのは、実家の子供部屋に閉じこもってネットサーフィンに没頭している社会不適合者ばかり――とでも思ってるだろ」

「……違うんですか？」

「全然違う。むしろ、まっとうに日常生活を送っている、どこまでも善良そうな人間の方が多いくらいだ」

拝島先生は、原井琴美の投稿に『こんな風に想像力がない人を見ると頭が痛くなります。きっと親御さんの育て方が間違っていたんですね。同情します』という嫌味満載なリプライを送っている人物のプロフィール画面をタップした。

アカウント名の下の概要欄には、『二児の母』『在宅ワークをしながら子育て奮闘中』『家族旅行に備えて英会話を勉強中♪』などの文言が並んでいた。普段のツイートを見てみると、不倫疑惑が報道された芸能人を口汚く罵った二時間後に、五歳になる息子のために手作りした誕生日ケーキの画像を上げていたりする。

「正義感に従って他者を攻撃するとき、脳の快楽中枢が刺激されて快楽物質《ドーパミン》が放出される。共感性や自制心が吹き飛び、攻撃するという選択肢以外考えられなくなるんだ。普段のその人がどんなに穏やかな性格でも全く関係ない。

さっき僕は病気という表現を使ったけど、これは決して皮肉なんかじゃない。正義中毒は、快楽物質《ドーパミン》によって引き起こされる——本人にもコントロールできない依存症のようなものなんだよ」

「……どういう背景があったら、彼らはそんな状態になってしまうんでしょうか。なんというか、私には想像もできません」

家庭環境、学生時代のいじめ、職場での人間関係——要因になりそうなものを色々と思い浮かべてみるが、どれもしっくりこない。何をどうしたら、人間は脳内物質に行動を操られてしまうほど歪んでしまうのだろうか。

「——まさか、自分には無関係な話だとでも思ってる？」

不意に鋭い目を向けられて、私は生唾を呑み込んだ。

「快楽物質《ドーパミン》に操られて正義感を暴走させる——これは、全ての人間の本能にプログラムされている現象なんだ。きみも、もちろん僕だって例外じゃない」

先生の確信に満ちた瞳が、逃げ道を先回りで潰していく。

「メソポタミア地方に最古の文明が興《おこ》る前、人類はあまりにもか弱い種族だった。捕食者の影に怯え、飢える恐怖に追いつめられながら狩猟採集を続ける日々。そんな過酷な状況で、群れの秩序を乱す者を放置することは絶対に許されない。勝手な行動を認めていたら、群れ全体の存続が脅かされるから。

だから彼らはあらゆる手段を使って秩序を乱す者を迫害し、時にはリンチを加えて抹殺した。それこそが、『正義』という概念の始まりなんだ」

群れの秩序を乱す他者を攻撃し、徹底的に排除する――そんな野蛮な行為が、私たちが当然のように信仰している概念の起源だったなんて……。

「進化とは残酷な生存競争の結果にすぎない。群れの秩序を乱す者を抹殺してきた集団――つまり『正義』を獲得した者たちだけが、次の世界に進出することを許されてきたんだ。それに伴って脳細胞も最適化され、やがて『正義を執行する』という行為に快楽物質《ドーパミン》の放出が紐づけられるようになったわけだ。

手にするものが石斧《せきふ》からスマホに代わっても、人類の本質は変わらない。まあ当然の話だろ？　正義を暴走させて他者を攻撃することで、僕たちは種を存続させてきたんだから」

正義。

過酷な生存競争の結果、現生人類に備わった機能。群れを守るために必要だった共通概念。何万年も前から連綿と受け継がれてきた、決して解けることのない呪い――。

身体《からだ》の奥の方から、おぞましい寒気が這《は》い上《あ》がってくるのを感じた。

自分の過去の行動を思い返してみる。

あれは確か、拝島先生の〈薔薇薔薇〉の発売直後。高校二年生のときだ。アマゾンレビューでネタバレ満載の理不尽な酷評をしていたユーザーに、私は正義感から来る怒りをぶつけたことがあった。そのユーザーのレビュー履歴を追跡し、どの作家のどの作品にも平等に『星1』をつけているのを見つけてツイッターに晒《さら》したのだ。

スクリーンショットに写ったユーザー名は黒く塗ったし、その人物に直接リプライを送ったわけじゃないけれど、当時の私は義憤のために冷静さを失っていた。投稿を削除した今は当時の感情まで思い出すことはできないが、もしかすると『正義』を執行することに快感を覚えていたのかもしれない。

そもそも、自分がやっている雑誌記者なんて、まさに人の歪んだ正義感を煽ることで金銭を発生させる職業じゃないか。

足元がぐらつくような感覚に襲われる。

何か一つ要素がズレていれば、今頃私も模倣犯になっていたのだろうか？

快楽物質に操られ、ただ価値観が合わないだけの人たちを殺していたのだろうか？

「まあ、無闇に脅すつもりはないよ」

私がよほど青い顔をしていたのか、拝島先生は苦笑した。

「僕が言いたいのは、推理に固定観念を持ち込むなってことだけ。どこにでもいそうな普通の人間が、正義の名の下に連続殺人を実行している可能性もあるんだ」

今、先生の意外な一面を垣間見た気がした。

読書会の帰りに正体を知ってから今まで、私は先生のことをもっと偏狭な性格だと思っていた。けれど実際には、自分を批判する相手や凶悪な模倣犯の背景にも想像力を働かせ、知識を得ることで理解を深めようとする人だったのだ。

こういう変な生真面目さがあるからこそ、この人は数々の傑作を紡ぎ上げることができたのかもしれない。

「拝島先生って、意外と優しい人なんですね」

思わず呟くと、先生は露骨に不機嫌そうな顔になった。

「……勘違いするなよ。今言ったことはともかく、僕はこの模倣犯には地獄に堕《お》ちてほしいと思ってる。こいつが息をしているだけで僕の作品の評価が下がっていくんだ。迷惑極まりないね」

会話を強引に打ち切るためか、先生は残っていたコーヒーを一気に飲み干した。

上司に電話で呼び出された山倉さんが喫茶店を飛び出していったあと、私たちも自然に解散する流れとなった。とはいえ二人とも阿佐ケ谷駅の方へ向かうため、少しずつ人が増え始めているアーケードを並んで歩いていく。

最初のうちは無表情な人だと思っていたが、先生には感情の起伏が全くないわけではないらしい。古本屋が視界に入るたびに僅かに顔をしかめ、どこかから美味《おい》しそうな匂いが漂ってくるとこっそり目で追っていたりする。

ずっと横顔を観察しているだけでもよかったけれど、社会人の礼儀として適当な話題を向けてみることにした。

「〈絵札の騎士〉を批判している人たちがターゲットになっていることを、メディアで公表した方がいいんでしょうか？　無闇に批判的なツイートをしないように注意喚起するとか」

「愚策すぎる。そんな言論統制まがいのことをしたら、拝島礼一という作家は確実に終わるね」

「そっか、そうですよね……」

「ろくでもないアイデアを考える暇があったら、ツイッターで僕のアンチを攻撃しているアカウントを全部調査してくれる？　まあさすがに、犯人に辿り着ける可能性は低いだろうけど」

「あの、一応私には他の業務もあるんですけど」

「どうせ辞める会社だろ？　そんなの無視して、しばらく僕の手足として動くといい」

「……さっき言ったことは撤回します。あなた、全然いい人じゃないっ！」

「勝手に期待するなよ。じゃあまた」

「ちょっと、待っ……」

さっさとタクシーに乗り込んで、先生は私の前から消えてしまった。

一流の芸術家は皆どこか壊れているものだと言うが、拝島礼一という小説家の人格破綻者っぷりは凄まじい。そんな無茶苦茶な言動さえも、才能に説得力を与えるスパイスになってしまうのが本当に不公平だと思う。

「…………疲れた」

今日が日曜日であることや、そういえば連絡先をまだ聞いていないことや、そもそも拝島先生は私の名前を覚えているのだろうかという疑問がどっと押し寄せてきて、大雨に打たれたあとのように身体が重くなる。

酒を買って帰ろう、と私は固く決意した。

3

通勤ラッシュを少し過ぎた午前九時の電車に揺られながら、私は自分が置かれた状況の異常さに改めて戦慄していた。

学生の頃から憧れていた小説家の拝島礼一と出会い、なぜか一緒に連続殺人事件を追うことになり、彼の唯我独尊っぷりに振り回されている。驚愕《きょうがく》と恐怖と不安と疲労が同時に襲い掛かってきたせいで、感情をどこに置けばいいのか全くわからない。

気を取り直すためにニュースサイトをチェックする。怒濤《どとう》の展開が続いたせいで、私は第三の事件についての情報をほとんど把握していなかった。

被害者の権田《ごんだ》昭人《あきひと》は三四歳の会社員。食品メーカーの営業担当者で、勤務態度は良好だったという。事件当日は二時間ほど残業したあと、同僚数名と居酒屋で午前〇時すぎまで会食。その数十分後に自宅のある北区赤羽《きたく》の住宅街を千鳥足で歩いていたところ、模倣犯によって通り魔的に撲殺された。

この事件が全国を震撼《しんかん》させたのにはある理由がある。

被害者のツイッターアカウントに、本人の死に顔が投稿されたのだ。

当該のアカウントは運営によってすぐに削除されたが、ネットの海を探せばまだ浅瀬で画像を見つけることができる。最期の慟哭《どうこく》が画面越しに聴こえてきそうなほどに大きく開かれた目と口や、顔全体に飛び散る血痕の生々しさが、好奇心につられて検索した多くの人々にトラウマを植え付けた。私も例外ではなく、調査のためと気合を入れていても一瞬しか見ることができなかった。

他の二人の被害者と同様、彼もまた拝島先生や〈絵札の騎士〉のアンチ活動を熱心に行っていた人物だ。

でもそれは、夜道でいきなり撲殺され、恐怖と絶望に染まった死に顔を世界中に拡散されなければならないほどの罪なのだろうか？

編集部にはすでに熱気が充満していた。規則では一二時までに出社すればいいことになっているのに、もう机がほとんど埋まっている。

ＰＣを立ち上げ、メールチェックをしつつ周囲の会話に耳を傾けてみる。混沌《こんとん》とした言葉の群れをかいつまむと、どうやら例の連続殺人事件の続報が入ったらしいことがわかった。

ひとまず、近くの席にいた副編集長《デスク》に問い掛ける。

「上原さん、ちょっといいですか？」

「どうしたの未希ちゃん。今日は早いね」

嫌味なのかどうか判断が難しいが、一旦気にしないことにした。

「……今、『犯人からの挑戦状が見つかった』って怪情報が聴こえたんですけど」

「ああ、午後イチの会議で共有するつもりだったんだけど——」

それから上原さんは、先輩編集者の雨宮《あまみや》さんが謎ルートから仕入れてきたという情報を教えてくれた。

どうやら、死体発見現場の近くに落ちていたメモ用紙を、付近を警備していた警官が拾ったらしい。ただ、実際にどんな文言が書かれていたのかまでは把握できていないとのことだ。

「ウチは記者クラブにも加盟してないからなあ。この手の情報は、警察とズブズブな大手新聞社に譲るしかないんだよ」

そもそも、毎日発行される新聞と週刊誌では情報の鮮度に大きな差がある。きっと〈週刊風雅〉は、新聞媒体に挑戦状の文言が掲載されたあと、犯罪心理学者などにインタビューして犯人の心理を紐解いていく方向性の記事を書くはずだ。もちろん、そんな仕事は私には絶対回ってこないけれど。

「まあ、ウチは新聞とは違うからね。捜査の詳しい状況なんかより、今は拝島礼一関連の面白い情報を集める方が先だ」

拝島先生へのバッシングを煽る気満々の顔で、上原さんは不敵に笑った。

当の本人と一緒に事件を調査しているなんて、絶対に言わない方がいい。また厄介な命令を下されるに決まっている。

「じゃあ私は、映画版〈絵札の騎士〉の出演俳優たちの周辺を探ってみます」

「編集会議は三日後か。今回は枠も小さいだろうから、適当なゴシップを拾ってきてくれればいいよ。あ、しばらくカメラマンは付けられないって伝えたっけ？」

「……はい。メールで確認しました」

相変わらず、私は清々しいほど戦力にカウントされていない。

でも、それはいつものことだ。今回はそれほど悔しさを感じなかった。水面下では先輩記者の誰よりも拝島先生の近くにいる、という子供じみた優越感がそうさせているのかもしれない。

「ちょっと織乃さん、電話鳴ってる！」

近くに座っている先輩社員が、私の机の電話機を指差していた。緊張感を煽る着信音とともに、内線マークが赤く点滅している。

受話器を取りながら、私は警戒態勢に入った。

この島では私の机にしか電話機が置かれていないことからもわかる通り、取材でオフィスに誰もいないことが多い編集部に電話がかかってくることは稀だ。たいていの電話対応はオフィスに常駐している事務員さんかバイトの子がやってくれているし、普通、緊急連絡なら記者の社用携帯にかかってくる。

「……お疲れ様です。週刊風雅編集部の織乃です」

『お疲れ様です。片岡《かたおか》です』

脳内で名前を検索する。確か、先月からバイトに来ている女子大生だ。

『山倉様という方からお電話です。今からお繋ぎしても大丈夫ですか？』

「あ、はい。よろしくお願いします」

山倉とは、弱みを握られて捜査情報を横流しさせられている不憫な刑事の名前だ。

そして、拝島先生が読書会のときに使っていた偽名でもある。

指示された外線番号を押し、憂鬱な気持ちを奮い立たせて電話に出る。

「……お電話代わりました、週刊風雅編集部の織乃と申します」

周囲には上司や同僚がいるので、受話器の向こうにいる相手が拝島先生であると知られてはならない。無駄に難易度が高いミッションだ。

開口一番、先生は露骨に不機嫌そうな声で言った。

『赤羽駅の改札前』

「は？」

『そこで待ってるから。早く来ないと置いていくよ』

「え、ちょっ……！」

『じゃあまた』

一方的に通話を切られてしまい、凄まじい寂寥《せきりょうかん》感が襲いかかってくる。

ここから赤羽駅までは電車で三〇分ほどかかるので、今すぐ出なければならないだろう。あの小説家は人との待ち合わせが苦手すぎるくせに、なぜか待たされるのを極端に嫌う。

「ねえ未希ちゃん、今の誰？」

「こ、個人的にアプローチしていた情報提供者です！　急遽《きゅうきょ》会うことになって」

「いつの間にそんな……。というか何の情報を集めてるの？」

「すみません、今から行ってきます！　あ、会議は欠席でお願いしますっ！」

報連相《ほうれんそう》だけは守ってね〜という控え目な忠告を背中に浴びながら、編集部を出てエレベーターに乗り込む。乗り換え情報を調べながら、今度はどんな違法行為に加担させられるのだろうかという不安を必死に宥めた。


赤羽駅の改札前に拝島先生の姿を見つけた。

今回もまた、白のサマーニットと黒パンツという組み合わせ。もしかしたらこの人は、全く同じ服を何着も持っているタイプなのかもしれない。

片手で開いた本に目を落としているため、先生はまだこちらには気付いていない。どんな本を読んでいるのかこっそり観察してみる。背表紙には、〈よくわかる！　愛犬をしつけるための一五のポイント〉と書かれていた。

「犬なんて飼ってたんですね。なんか意外です」

「……いきなり耳元で話しかけるなよ。驚くだろ」

レザー生地のクラッチバッグに本を仕舞いながら、先生は言った。

「別に、動物に生活を支配される趣味なんてないけど」

「じゃあ、次の作品に愛犬家が登場するとかですか？」

先生は心底面倒臭そうにこちらを一瞥してから、

「生意気な仕事相手を従順にするために、こういうのも応用できそうだと思っただけ」

と言い放った。

「たとえばこの本には、犬が粗相をしたときに叱るのは駄目だと書いてある。叱られるのを恐れて、見つからない場所で悪さをするようになるかららしいね。僕はそれに倣って、たった四〇分待たされたくらいでいちいち咎《とが》めたりはしないと決めた」

「……普通に叱られるより深刻なダメージを受けてるんですけど」

「それは悪かった。次からはもっと遠回しに注意するよ」

「というか、そんなに待つのが嫌なら事前に連絡してくださいよ……！」

呼び出されてからすぐにダッシュして電車に飛び乗ったというのに、この仕打ちはあんまりだ。この人は、汗で化粧が崩れるのを女性がどれほど恐れているのかを知らないらしい。

今後もこんな展開が続くのは面倒なので、先生の手に名刺を無理矢理握らせた。

「次からはこの電話番号かアドレスに連絡してください。あ、必ず前日までにですよ！」

「その、大丈夫？　こういうのはコンプライアンス的に」

「別に社用携帯だから問題ありません。業務の範疇《はんちゅう》です。……というか、先生がコンプライアンスなんて言葉を知ってることに驚きましたよ」

「……時々、きみが本当に僕のファンなのか疑わしくなってくるな」

「私が敬愛しているのは小説家の拝島礼一であって、素のあなたじゃありません！」

「な……」

そんなことは生まれて初めて言われたかのような顔で、先生は絶句してしまった。自身の社会性や存在価値などについて何やらブツブツ自問自答し始めたので、一〇近くも歳上《としうえ》なこの人が少しだけ不憫に思えてきた。

昨日、先生が自分を否定する人たちにも一定の理解を示していたことを思い出す。先生は人付き合いが極端に苦手すぎるだけで、実は悪気はないのかもしれない。

「……その、あれですよ？　私が先生の作品に救われてきたのは本当で、本来ならこうしてお話しできるだけでも光栄なくらいなんです。ただその、今後のコミュニケーションを円滑にするためには、ここでガツンと言っておくべきだったというか……」

「…………本当に？」

「ええ、先生は最高の小説家です」

「……ならいい。では、そろそろ出発しようか」

——なにこの人、扱いづらっっ！

普段から先生を担当している文芸の編集者たちに、私は改めて尊敬の念を覚えた。


第三の事件が起きた現場は、赤羽駅から八分ほど歩いた住宅街に位置していた。

遺体が発見されてから二日しか経っていないため、現場の周囲にはまだ規制線が張られている。

とはいえ住民も使う道路なので規制線の範囲は狭く、かなり近付くことができそうだ。実際、地域のゴミ置き場として使われていたその場所には、何人か野次馬らしき人々が集まっていた。

「ほら、写真撮影の準備してて。記事にするとき必要だろ？」

「え、大丈夫なんですか？」

「前回と違ってここは公道でしょ。不法侵入もクソもない」

何でも違法だと思うなよ、と溜め息混じりに呟きながら、拝島先生は規制線のすぐ近くまで歩いていってしまった。

「撮影しろって、簡単に言うけどさ……」

警官が何人か立っているので、馬鹿正直にカメラを向けるわけにもいかない。私は録画モードにしたスマホを、バッグの側面のポケットに入れることにした。ちょうどスマホがすっぽりと入る大きさで、カメラレンズより僅かに広い穴が開いている特注品だ。尾行や盗撮を生業《なりわい》とする雑誌記者の必須アイテムとも言える。

被害者の権田昭人が倒れていた位置は、チョークの白い線で象られていた。ゴミ置き場のブロック塀やアスファルトに飛び散った血痕が、殺人犯の残虐性をこちらに訴えかけている。

「……妙だな」

「どうしました？」

「山倉から仕入れた情報だと、被害者の権田昭人はハンマーのようなもので撲殺されている。通り魔的な犯行で、特に拘束もされていなかったようだから、それなりに抵抗もしたはず――とはいえ、あんなに現場が荒れてるのは変じゃないか？」

「確かに血は飛び散ってますけど、特に違和感は……」

「ブロック塀が所々剝がれてるだろ。恐らく、どれもハンマーをぶつけた痕だ」

「もっと近付かないと何とも……。というか、よく気付きましたね」

「僕の視力は二．〇だ」

さらりと衝撃的なことを言ったあと、先生は顎に手を添えて呟く。

「権田の身体だけ攻撃すればいいのに、どうしてああなる？」

「すぐには殴らずに恐怖を煽っていた……とかですかね？」

「それだと、無駄に大きな物音がして危険だと思うけど」

私には、それが重要なことだとは思えなかった。

むしろ、現場に接近するチャンスがなさそうなことの方が問題だ。これだけ警察関係者が大量に群がっていたら、たとえ不良刑事の助けを借りても難しいだろう。

「どうやら、ここじゃ大した情報は得られそうにないね。鑑識結果が上がってくるのを待つしかないけど……まあそっちも期待薄だろうし。どうせ、この犯人は現場に物証なんて残してないよ」

「でも、目撃証言ならありそうですよね？　こんな住宅街の中ですし……」

「いや、山倉に確認したが今のところ目撃者はいない。人気のない深夜の犯行だし、現場のゴミ捨て場は空き家の前にある。行きずりの犯行に見せかけて、その辺りはしっかり計算されてるみたいだよ」

怖気《おぞけ》が背筋を駆け上がっていく。

計画的犯行を実現する知能よりも、むしろ、人を殺すためにここまで周到に計画を立てる執念の方が恐ろしかった。

それにこの模倣犯は、現場に爆弾まで仕込んでいるのだ。

「そういえば先生、現場で警察への挑戦状が見つかったらしいですよ。うちの編集部も、今その話題で持ち切りです」

「ああ、これのことだろ。山倉が送ってくれた」

脅迫して送らせたのでは、という指摘を喉の奥に仕舞い込んでスマホ画面を見る。

写っていたのは、四つ折りにされた跡があるメモ用紙だった。筆跡鑑定を回避する思惑が透けて見える角ばった字体で、短い文章が綴られている。


間違った「正しさ」を振りかざす人々のせいで、この世界は歪められている。

だから、有害な価値観は根底から覆されなければならない。

他の誰にもできないなら、私がやろう。それこそが〈絵札の騎士〉の使命だ。


「……これ、警察への挑戦状ってよりは」

「どちらかというと思想の表明に近いな」

しかも、原作の〈絵札の騎士〉にかなり近い主張だ。

作中で〈絵札の騎士〉がターゲットにしていたのは、弁護士・教師・ジャーナリストなど、『独りよがりな正しさで世界を歪めている者たち』だった。彼らを殺すことで、〈絵札の騎士〉は新たな正しさの概念を創り上げようとしていたのだ。

それがどんなに異常で、社会にとって有害なものだとしてもお構いなしに。

「でも、模倣犯はどうしてこんな行動に出たんでしょう。原作の〈絵札の騎士〉は、現場に声明文を残すような真似《まね》はしなかったのに」

むしろ〈絵札の騎士〉は、どちらかというと自己完結型の人間だ。

思想や目的を世間に向けて発表するのは下品だと考えていたのだ。だから作中に登場する刑事たちは、最後まで『〈絵札の騎士〉がどうして人を殺すのか』という命題の答えに辿り着けなかった。

「それに、被害者の死に顔をツイッターにアップするなんていう、いかにも自己顕示欲の強そうな行動にも違和感があります」

「そうかな。凶悪犯罪者と自己顕示欲の強さはセットって場合が多いけど」

「でも、〈絵札の騎士〉なら絶対にこんなことはしませんよ。何というかこの犯人は、模倣が中途半端なんです。まあ、殺人を繰り返すうちに行動原理が少しずつ変化しているだけかもしれませんけど……」

荒唐無稽な考えが脳裏を過る。

あえて中途半端な模倣をしているのは、怒った原作者を自分の前に誘《おび》き寄《よ》せるための罠《わな》なのではないだろうか？　この殺人鬼の最後のターゲットは拝島先生本人なのではないだろうか？

――いや、きっと考え過ぎだ。

「まあ、『〈絵札の騎士〉の模倣犯』で『暴走した正義中毒者』という犯人像自体は間違ってないと思うよ。もう一つの仮定が正しければ、もっと輪郭がはっきりしてきそうだけど」

「何ですか？　もう一つの仮定って……」

「その話はあと。そろそろ、次の現場に出発する時間だ」

「え、今度はどこに？」

「最初の事件が起きた山伏市に決まってるだろ。急がないと。もうレンタカーを予約してある」

4

「ああ、やっぱり私が運転するんですね……」

レンタカー屋の窓口で個人情報を記入させられながら、私はぐっと感情を堪えた。

記者なのにカメラマンに運転を任せ、そもそも免許を取ってから二、三回しか運転したことがないほどのペーパードライバーなので、東京の外まで移動するのは正直不安しかない。

しかも、予約されていた車種が最高グレードの高級車だというのも笑えなかった。少しでも擦《こす》ったりしようものなら、どれほどの修理代が発生するのか想像もできない。

「仕方ないだろ。僕は運転免許を持ってない」

「ならタクシーでもよかったじゃないですか。お金あるんだし……。ていうか、どうしてこんな高級車を」

「一度、国産最高峰の車というものに乗ってみたかったんだ」

「あ、意外と俗っぽい理由なんですね……」

妙なこだわりがあるくせに、免許も持っていないというアンバランスさがいかにも天才作家らしい。はた迷惑な話だ。

「じゃあ、快適な運転を頼むよ。急ブレーキは絶対に禁止だし、駐車も必ず一発で成功させるように」

「ペーパードライバーに多くを求めすぎです。絶対に失望させてやりますからね」

「……妙な方向に自信満々だな」

汗ばむ手でハンドルを握り、どうにか高速道路への合流を成功させる。

まだ心臓がバクバクと暴れている。私が錯乱寸前だったせいか、さすがの先生も命の危機を感じたようだ。さっきからずっと、助手席の窓の上にあるグリップを摑んで蒼白《あおじろ》い顔をしている。

とはいえ高速に乗ってしまえばこっちのもので、少しは余裕が出てきた。視線は絶対に正面から動かせないものの、拝島先生に話しかけるくらいのことはできる。

「こうして第一の事件の現場に向かってますけど……確かまだ遺族の方が住んでいますよね？」

「むしろ、その遺族に話を聞きに行くんだよ」

半年前に起きた事件で、しかも殺されたのが市議会議員ということもあり、私もある程度の情報は仕入れていた。

殺されたのは、〈絵札の騎士〉の有害図書指定化を進めていた白瀬健人氏。

今から半年ほど前の三月六日、寝室で眠っていた彼は一階の窓を叩き割って侵入した犯人によって刺殺された。それから犯人は遺体をバスルームまで運び、〈絵札の騎士〉の初版本を現場に置いて立ち去ったという。

バスルームに安置された遺体という構図は、〈絵札の騎士〉の装丁画と全く同じものだ。犯人がバス、ル、ー、ム、に遺体があ、る、こ、と、によほどこだわったのか、寝室の血痕をわざわざ拭き取った痕跡まで見つかったらしい。

「近隣住民の通報を受けて警察が駆けつけたとき、妻の白瀬めぐみはロープで全身を縛られて放置されていたらしいね。それも、夫が殺された寝室のベッドの上で」

「……彼女は、最愛の夫が殺されていく様子をその目で見たんでしょうか」

「まあ、模倣犯はそのために彼女を生かしておいたんだろうし」

突然自宅に侵入してきた殺人鬼に、目の前で夫を惨殺された妻。

彼女が味わった恐怖を、絶望を、怒りを、何も知らない私が想像することなんて不可能だ。まして、これから会って何を話せばいいのかなんて……。

「あと、白瀬めぐみを生かしたのには恐らくもう一つ理由がある」

「彼女を〈メッセンジャー〉にするため、ですよね」

某メディアで、専門家が提唱していた説だ。

彼女から大切な人を奪ったあともなお、凶悪な殺人鬼である自身の存在を――その歪んだ思想を、世間に知らしめるために利用し続ける。

あまりにも残酷な発想だが、恐らくこれは正しい。

なぜなら、わざと事件の生存者を作ってメッセンジャーにするのは、原作の〈絵札の騎士〉が使っていたのと全く同じ手口だからだ。脅迫文やネットへの書き込みを下品な自己顕示欲の発露だと考えていた〈絵札の騎士〉は、世間と繋がるための手段として、恐怖に支配された人間の生の声を利用した。

作中で〈メッセンジャー〉となったのが飯田茉莉花《いいだまりか》だ。彼女はメディアの取材などを通して〈絵札の騎士〉の恐ろしさを日本中に伝えたあと、被害者遺族たちに女神として祀《まつ》り上《あ》げられ、独自に〈絵札の騎士〉を追う自警団まで結成した。

悲劇に見舞われた美女が身を滅ぼすほどの正義感に支配されていく様子は読者の心を揺さぶったし、本作のサスペンス的な面白さにも一役買ってくれた存在だと思う。

しかし彼女は、最終的に〈絵札の騎士〉に捕らえられて惨殺されている。「ゲームはもう終わった」というだけの理由で。

　――白瀬めぐみが、また模倣犯に狙われたとしたら。

　そんなことが起きていいわけがない。嫌な想像を掻き消すために、脳内から別の話題を引き出してみる。

「〈絵札の騎士〉の有害図書指定化が議論されてるって聞いたときは、私もふざけるなって思いましたよ。そもそも小説が有害図書になった例なんて聞いたことがないし、白瀬氏の活動も、ＰＴＡとか市民団体から票を集めるためのパフォーマンスでしょ、とまで思ってました。

　でも、だからといってあんな風に……しかも奥さんの目の前で殺すなんて……全く理解できません。復讐《ふくしゅう》のためならまだしも、歪んだ正義感だけであんなことができるものなんでしょうか？　先生の前で言うのは失礼かもしれませんけど、たかが好きな小説が貶められただけですよね？」

　敬愛する作家の作品が不当に批判されているのを見ると、冷静さを失うほど怒ってしまう感情自体はよくわかる。

　でも、それがどうして殺意にまで発展してしまうのだろうか。ターゲットの個人情報を突き止め、残酷な方法で殺す計画を練り上げるほどの原動力になるのだろうか。

　それとも――『他人を許せない』という感情に、際限などないというのだろうか。

「さっき僕は、犯人像にはもう一つの要素があるかもしれないと言った」

「ああ、そういえば」レンタカー屋に急いでいたので訊きそびれていた。「いったいどんな要素ですか？」

「〈絵札の騎士〉を貶める人間に正義の制裁を加える狂信者——そんな人格が形成されるには、それなりの背景があったはずなんだ。つまり、『どうして模倣犯が〈絵札の騎士〉に共感したのか』が、犯人像を読み解く鍵になる」

「共感した理由、ですか」

「たとえば——〈絵札の騎士〉と自身の境遇が似ていた、とかね」

作中で描かれた〈絵札の騎士〉の生い立ちを思い返してみる。

彼は、幼少期から殺人者の息子としての人生を歩んでいた。

彼の父親は救いようのない不良で、一六歳のときに喧嘩《けんか》の弾みで同級生を殺した前歴を持つ。医療少年院を出てからは日雇いの仕事をしながら堅実に暮らしていたが、妻との間に後に〈絵札の騎士〉となる息子が生まれた頃を境に、以前の暴力性が完全に蘇《よみがえ》ってしまった。

博打《ばくち》とアルコールに溺れ、妻や息子への暴力などは日常茶飯事。寒空の中、家族を外に追い出して女を家に連れ込んだり、息子に万引きを強要するなどの非道を繰り返した。挙句の果てに、父親は一〇歳の息子の目の前で母親を殴り殺してしまう。

父親は逮捕され、主人公は児童養護施設に送られたのだが、地獄はそこで終わらなかった。

一方的な被害者であるはずの彼は「人殺しの息子」として壮絶ないじめを受け、本来なら庇護《ひご》すべきはずの施設職員からも暴力を振るわれるようになったのだ。

ここまでならただの悲劇。

だが、拝島先生は主人公に恐ろしい人格を与えた。

彼は、殺人罪で服役中の父親のことを心から尊敬していたのだ。

殺された母親は有害な存在で、それを排除した父親はどこまでも正しい。にもかかわらず、救世主である父親が投獄されるのは理不尽だ。独りよがりな『正しさ』を振りかざす人々によって世界が歪められた結果でしかない——そう考えるようになった。

根底には、父親が人を殺したせいで悲惨な暮らしを強いられる自分の精神を守らなければという防衛機制があったのかもしれない。

ただし、同情の余地があったのはその頃まで。

結局彼は一七歳のときに最初の殺人を犯し、偶然に助けられてそれが発覚しなかったせいで、シリアルキラーへの道を歩んでいくことになる。

そこまで思い返して、私は先生の言いたいことを理解した。

「親が殺人罪で服役したことがある——それが、模倣犯が〈絵札の騎士〉に共感する理由かもしれない……」

「現時点ではまだ推測に過ぎないけど。それに、親が殺人犯云々はさすがに絞り込みすぎかもね。もっと範囲を広く、たとえば『恵まれない幼少期を過ごした』くらいにしてもいい。——ただ、このパターンなら色々と辻褄《つじつま》が合うかもしれないんだよ」

先生はいかにも不愉快そうに顔を歪めた。

「たとえば模倣犯は、殺人事件を起こすことで作品自体の評価が地に堕ちることを何とも思っていない。なぜならこいつが信奉しているのは作中の殺人鬼であって、作者である僕ではないんだから」

「……凄いです。私、そこまでは想像できてませんでした」

プロファイリングや犯罪心理学の枠には嵌まらない発想の柔軟さ。

これはもしかしたら、刑事や検察官には備わっていない、ミステリ作家の想像力だけが可能にする特殊技能なのかもしれない。

カーナビの予測時刻から五分遅れて到着した一軒家は、市議会議員の邸宅に恥じない立派な造りをしていた。

一階にガレージが付いた鉄筋コンクリート造りの三階建てで、見たところ坪数も都内の狭小住宅とは比べ物にならない。なんなら、地価がゼロに等しい群馬のド田舎にある私の実家よりも広いくらいだ。所々に差し色の赤が鏤《ちりば》められたデザインもすごく洗練されていて、有名な建築家が手がけた物件であることが想像できる。

そういえば、殺された白瀬健人氏は地元でも有名な資産家の一人息子らしい。唯一の肉親だった父親が一年以上前に事故死しており、莫大《ばくだい》な資産を丸ごと相続したとのことだ。もはや、遠い世界の話すぎてよくわからない。

インターフォンを鳴らして来意を告げると、被害者遺族の白瀬めぐみさんがすぐに出てきてくれた。

綺麗《きれい》な人だな、というのが正直な感想だった。

陶器のように白い肌と艶やかな黒髪、寂しげに濡《ぬ》れた瞳と薄い唇。彼女が纏う全ての要素が、幽玄な雰囲気を醸し出している。報道によるとまだ二九歳とのことだが、着物と和室がよく似合いそうな、淑女の気品というものが伝わってきた。触れたら壊れそうな儚《はかな》さが漂っているのは、彼女が元々備えている気質なのか、夫を目の前で殺されたトラウマのせいなのかはわからない。

私は神妙な表情を作って頭を下げつつ、両手で名刺を差し出した。

「〈週刊風雅〉編集部の織乃と申します。こちらは上司の山倉です」

名刺を切らしていて申し訳ありません、と言って先生は微笑んだ。

めぐみさんが不審に思った様子はない。そういえば、最初に出会った読書会でも拝島先生は別人格を完璧に演じていたのだ。素の人格がちょっとアレなだけで、表向きの顔を維持してくれていれば余計なフォローは必要ないかもしれない。

「ようこそお越しくださいました。さあ、お上がりください」

促されるままに、私たちは靴を脱いで家の中へと入っていく。

一階の和室でお焼香を済ませ、階段を上って広大なリビングに通される。シンプルなデザインの家具が効率的に配置されているのを見ると、夫妻が丁寧に暮らしを営んでいた様子を否でも想像させられてしまう。

「これだけ広い家に、お二人だけで暮らしてらしたんですか？」

無遠慮な問いを先生が投げると、めぐみさんは静かに頷いた。

「ええ。私たちには子供がいませんでしたから。以前は家政婦さんに来てもらっていましたが、今は休んでいただいています。……その、しばらく一人になりたい気分なので」

「リビングにソファや椅子がいくつもあるのは、来客に備えてのことでしょうか」

「ええ。職業柄、主人は自宅に人を呼ぶことが多かったですから」

めぐみさんがお茶を用意しにキッチンへ向かった隙に、少し先生を戒めておくことにした。

「いきなり質問攻めなんて失礼ですよ。もっとこう、場の空気を温めてから……」

「日常的に大勢の人間が出入りしてたなら、警察が怪しい人物のＤＮＡを特定できなかったのも納得できるね」

どうやらこの小説家は、事件の推理に集中したいと仰せだ。めぐみさんとのコミュニケーションは私が担当した方がいいらしい。

紅茶の注《つ》がれたカップが差し出されたのを待って、私は切り出した。

「改めて、お悔やみ申し上げます。ご主人の件では、何と言えばいいか……」

「……ありがとうございます」

めぐみさんは俯《うつむ》き気味《ぎみ》に呟いた。

事件について調べているときに夫妻が二人で写っている写真も確認したのだが、よく見ると彼女はそのときよりもかなりやつれているように見える。目の下には隈《くま》が薄《うっす》らと滲んでいた。

「すでに警察やメディアに色々と訊かれて大変だと思いますが、取材を快諾いただきありがとうございます。微力ではありますが、一刻も早く犯人を捕まえるために私たちも貢献したいと考えています。……恐ろしい犯人像を世間に知らしめるために、おつらいとは思いますが事件当日に起きたことを語っていただけますか？」

我ながら、苦しい理屈だとは思う。

私たちは確かに犯人を特定するために動いているが、遺族であるめぐみさんからすると傷口を抉《えぐ》られるような行為でしかない。

取材とは、本質的には暴力と何も変わらない——以前読んだジャーナリストの著作に書かれていた一文を思い出す。これだけは肝に銘じて進めなければならない。

「犯人は一階の和室の窓を割って侵入したということでしたが、そのときに物音のようなものは聴こえましたか？」

「いえ……主人も私も寝ていましたし、寝室は三階にありますので」

ここまでは想定内だった。

音をほとんど立てずに窓ガラスを割る方法はいくらでもあるし、三階で眠っていた夫妻が侵入者に気付くことなど不可能だと思う。

「セキュリティ面はどうだったのでしょう」

「玄関と勝手口に監視カメラが付いているくらいで、他には何も……。夫は政治家とはいえ、あくまで市議会議員でしたから。そこまで神経質にはしていませんでした」

言葉の端々に後悔が滲んでいて、あまりにもやり切れない。

次の質問を躊躇《ちゅうちょ》しそうになるが、悪い癖だと自分に言い聞かせて踏《ふ》み止《とど》まる。情報をしっかり引き出さないと、犯人に辿り着くヒントは永遠に手に入らないのだ。

「犯人は寝室にいた奥様をロープで縛ったあと、ご主人を刃物で殺害したと聞いています。そのときの状況を詳しく覚えていらっしゃいますか？」

たった一瞬で、めぐみさんの表情の陰影が増した。

瞳の表面が揺らめき、涙の膜が張られていく。彼女は瞼《まぶた》を固く閉じ、感情が零れ落ちるのを必死に堪えていた。

「ごめんなさい、刑事さんにお話しした以上のことは何も。犯人は目出し帽を被《かぶ》っていて、中肉中背の男性ということくらいしか……。遺体の傍に小説と〈スペードのA〉のカードがあったことも、事件後に刑事さんから聞いたくらいなので」

「そうですか……」

「本当に、申し訳ありません」

「い、いいえ、奥様が気に病むことではありません！」

「……あの日のことを思い出そうとするたびに、頭の中でサイレンが鳴り響くんです。この先に進んだらただじゃ済まないって、脳が警告しているみたいに。もっと皆さんのお役に立ちたいのに、どうしても難しくて……」

「心中お察しします。無理に思い出す必要はないですから」

「……自分で自分が嫌になります。今じゃ、私が同僚にカウンセリングを受けなきゃいけない状態なんですよ」

そういえば、めぐみさんは結婚するまではスクールカウンセラーをしていたらしい。被害者の健人氏が小学校に視察に来たときに出会い、仲を発展させていったとのことだ。そんな彼女が自分の感情をコントロールできなくなるのだから、今回の事件は本当に救いがない。

「情けないです。主人の後にも人が殺されているというのに……。例の小説がバッシングされている状況も、元はと言えば私が犯人のことをろくに覚えていないのが悪いんです。さ、作品に罪はないことなんてわかっているのに、私は弱いから、ニュースであの表紙を見るたびにっ、事件のことがフラッシュバックしてしまって……。ほ、本当にっ、どれだけの人に迷惑をかければ気が済むのか……！」

途切れ途切れの言葉が、彼女自身の心を抉り続ける。

目の前で夫を殺されたトラウマが、事件後に過熱していった報道が、匿名の人々の悪意が、めぐみさんを自己嫌悪の檻《おり》に閉じ込めてしまったのだ。

彼女にかけるべき言葉なんて、何一つ思い浮かばない。

記者の自分がどんな慰めの文句を紡いでも、口から出た途端に嘘になってしまう気がした。

「申し訳ありません、つらいことを思い出させてしまって……。我々はまた出直すことにしますね。何か思い出したことがありましたら、織乃にご連絡ください」

意外にも、取材の打ち切りを申し出たのは拝島先生だった。

クラッチバッグを持って立ち上がり、神妙な顔で「すみません、お手洗いをお借りしたいのですが……」とめぐみさんに尋ねる。

自分の作品が一人の人間を確実に傷つけている事実を知って、先生は何を感じたのだろうか。少なくとも、リビングから出ていく後ろ姿からはどんな感情も読み取れなかった。

完全に俯いてしまっためぐみさんと、二人きりで取り残される。あまりにも重たい沈黙の中で、彼女が鼻を啜る音だけが断続的に響く。

今回私は、自分がやるべきことを何も果たせなかった。

有益な情報を訊き出すことはおろか、取材をまともに成立させることさえも。それどころか、めぐみさんのトラウマを呼び起こさせてしまっただけだ。

上司や先輩たちのような取材能力が私にあれば、めぐみさんを無闇に傷つけずに情報を引き出すことができたかもしれない。もっと拝島先生の役に立てたかもしれない。

何が「転職活動」だ。何が「クソ編集部」だ。

私はただ、自分の弱さから目を背けているだけじゃないか。

被害者遺族の前で泣きそうになってしまう浅ましさにも羞恥を覚え、私は拳を強く握り締めた。

5

拝島先生がお手洗いから戻るのを待ち、私たちは白瀬家を後にした。

沈黙を引き摺ったまま、近くの駐車場に停《と》めていたレンタカーに戻る。これから何十分もかけて東京に戻らなければならないことを考えると、今にも心が折れてしまいそうだった。

助手席に乗り込むなり、先生は溜め息混じりに呟く。

「……で、どうしてきみまで泣いてるんだよ」

「はっ？　えっ？」

反射的に頬に手を当てると、確かに濡れている感触があった。いや、自分が泣いていることにはとっくに気付いていたのだけど、どうしても認めたくなかっただけだ。

いつもの愛想笑いでどうにか誤魔化そうとしたが、拝島先生はこちらをじっと見つめたまま逃がしてくれなかった。

「被害者遺族に同情する気持ちはわかる。でも、あまり肩入れしすぎると……」

「……違うんです、そんな、綺麗な理由なんかじゃありません」

言うべきじゃないことくらいわかるのに、理性の制止は簡単に振り切られる。

「私はただ、何もできなかった自分が悔しくて……。私の取材能力がないせいでめぐみさんを傷つけちゃったし、先生の役に立つことだって、全然……」

「なんだ、そんなことか」

まるで理解できない、とでもいうように先生は笑う。

「僕は最初から、白瀬めぐみから有益な情報を引き出せるなんて思っていなかった」

「……え？」

「ああ、誤解するなよ？　別にきみの能力云々の話じゃない。彼女は恐怖と混乱のせいで事件のことを鮮明には覚えていないだろうし、僅かでも情報があれば全て警察に話しているはずだ。どんな一流記者でも、今報道されている以上のことは引き出せないに決まってる」

「ええと……。もしかして、励まそうとしてくれてます？」

「……僕は事実を述べただけだ。どうでもいいから、早く車を出してくれる？」

先生が不機嫌そうに鼻を鳴らしたので、これ以上の追及はやめにした。

もちろん、励まされたからといって私の無力さが帳消しになるわけでも、まして心が急に軽くなるわけでもない。

けれど、レンタカーを安全に運転するだけの気力を取り戻すことはできた。


車内を満たす芳香剤の香りで気分を整えつつ、国道一六号線をしばらく直進する。

運転に集中しているうちに、不意に疑問が湧き上がってきた。

「……あれ？　先生は、情報を引き出すのは難しいと思っていたんですよね？」

「ああ、さっきそう言った」

「だったら、どうして自宅に伺う必要があったんですか？」

「そんなの、殺人現場を見るために決まってるだろ」

そんな隙なんてなかったはず――と言いかけて、先生が白瀬家を出る前にお手洗いを借りていたことを思い出した。

確かに少し長いなとは思っていたが、まさかあのときに現場を見て回っていたのか。

「収穫はいくつかあったよ。まずは、あの家の特殊な間取り。一階にはガレージと和室。二階には僕たちが通された広いリビングやキッチンの他に、書斎と、六畳ほどはある窓付きの部屋があった。将来は子供部屋にするつもりだったのかもしれない」

助手席の先生はこっそり撮影した写真を見せてくれているようだが、ペーパードライバーの私にスマホ画面に目を向ける余裕はない。

「殺人事件が起きたのは三階だ。白瀬健人が刺殺された寝室、遺体が運び込まれた浴室、あとはトイレや洗面などの水回りと、昨日行った安アパートよりも広い衣装部屋。屋上に続く階段もあったけど、あんまり遅いと怪しまれるからそこまでは確認しなかった」

「それが収穫ですか？　確かに珍しい間取りだとは思いますけど、そこまで奇妙ですかね？　まさか隠し扉があったわけでもないでしょうし……」

被害者の家に偶然そんな仕掛けがあるなんてご都合主義すぎるし、そもそもこの事件は、大がかりなトリックが必要となる密室殺人じゃない。

先生はいったい何を気にしているのだろう。

「犯人は一階の和室の窓を割って侵入した。夫妻がそれに気付かなかったのは、偶然にも寝室が三階にあったからにすぎない。それにこれだけ部屋数が多いと、物音を立てずに真《ま》っ直《す》ぐ寝室まで辿り着くのも大変だったはずだ」

「犯人が、事前に間取りを調べていたってことですか？」

「とは言っても、そう簡単な話じゃないよ。ハウスメーカー製の建売住宅ならともかく、ああいうオーダーメイド住宅の間取りをネットで調べるなんて不可能だから」

「めぐみさんは、健人さんがよく自宅に人を招いていたと言っていました。まさか、その中に犯人が……」

「いや、その推理は乱暴だね。別に、間取りを知らずに犯行を成功させるのは不可能じゃない。ただ、夫妻に気付かれるリスクが高まるってだけの話だ」

拝島先生は間髪入れずに続けた。

「問題は、犯人があまりにも多くのリスクを許容しているってことだよ」

「どういうことですか？」

「たとえば、犯人が遺体を寝室からバスルームまで運んだこともそう。身長と体格から考えたら、白瀬健人の体重は七〇キロ近くあるだろ？　そんなに重い物体を寝室からバスルームまで引き摺るなんて結構な重労働だ。近所に物音を聴かれるかもしれないし、汗が現場に落ちてしまう危険だってある。汗からＤＮＡを採取される可能性はかなり低いけど、完全なゼロというわけでもないし。……それに、犯人はもっと大きなリスクも冒している」

「え、まだあるんですか」

「妻の白瀬めぐみを生かしておいたことだよ。夫の死を見せつけて楽しんだ上で、自分の存在を世間に知らしめる〈メッセンジャー〉にする――目的はまあ理解できるけど、どう考えてもリスクがそれに見合わない。

白瀬めぐみを拘束していたロープが何かの弾みで緩むこともあるだろうし、寝室は内開きで鍵も内側にあったから、外から閉じ込めておくことも不可能。

……だいたい、悠長にロープを巻き付けるのを夫が待ってくれるか？　白瀬健人の身体には拘束された痕もなかったのに？」

「まず被害者を刺すか殴るかして動きを止めてから、めぐみさんを拘束したとか……でも、それって力加減が難しいですよね？　最初の一撃で健人さんが亡くなったら元も子もないですし」

そもそも、〈絵札の騎士〉は被害者にトランプで殺害方法を選ばせることを信条としている。最初の一撃で殺してしまうのは絶対に避けたいはずだ。

「……まあ、もちろん不可能ではないと思いますけど」

「その通り。決して不可能ではないけど――あまりにも不確定要素が多すぎる。行きずりの犯行に見せかけて実は目撃証言を一つも出していない第二・第三の事件とは違って、最初の事件だけはたまたまうまくいっただけっていう印象が強いんだ」

「多少のリスクを受け入れてでも、犯人は〈絵札の騎士〉を模倣したかったんですね」

「……そのわりには、肝心の模倣も中途半端だったけど」

「えっ、そうなんですか？」

それは意外な発見だ。

「白瀬家の浴室はよくあるユニットバスで、〈絵札の騎士〉の装画に描かれているような猫足の浴槽じゃない。そもそも装画の遺体は女性だし、きみも知ってるだろうけど、〈絵札の騎士〉は原作では一度もバスルームで人を殺したことがないんだ」

文芸書の装丁画には、見た目のインパクトや、読者に作品の雰囲気を想起させることが何よりも求められる。だから、小説の内容と直接的な関係がないイラストが描かれることもよくあるのだ。

「でも、映画版にはバスルームで殺害したシーンもありましたよ。犯人が原作だけじゃなくて、映画版の〈絵札の騎士〉も模倣の対象にしていたなら……」

「バスルームの件だけじゃない。白瀬めぐみに顔を見られないために仕方ないとはいえ、原作の〈絵札の騎士〉は一度も目出し帽なんて使ったことがないだろ。何というか、この模倣犯は全体的に原作再現が甘いんだよ」

数々のリスクを許容しなければ成立しない犯行。

危険を冒したわりには低い原作の再現度。

たまたまうまくいっただけの、最初の殺人。

――――まさか。

「先生、ちょっと馬鹿みたいなことを言ってもいいですか？」

「いつものことだろ。好きに言えばいい」

「この犯人は、〈絵札の騎士〉の成長過程すらも模倣しているんじゃないでしょうか？　原作でも、彼の最初の殺人はたまたまうまくいっただけでしたし」

「……ああ、なるほどね」

拝島先生は小さく笑った。

「きみにしてはいい線だと思う。確かに、犯行の精度も原作の再現度も、二回目以降の方がマシになっている」

先生が初めて褒めてくれたことに、不謹慎だが嬉しさを感じてしまう。

「あるいは、この模倣犯は本当に発展途上なのかもな。〈絵札の騎士〉と同じように試行錯誤を繰り返し、着々と一流の殺人鬼に成長していってるとしたら……」

もしそうだとしたら、これ以上に恐ろしいことはない。

作中で明記されただけでも、〈絵札の騎士〉は合計二六名もの人間の命を奪った。彼は最後まで逮捕されることなく、恐らくは物語が終わった後も殺害人数を増やし続けている。

そんな悪魔が現実世界に現れてしまったら——そう考えるだけで鳥肌が立つ。模倣犯が一流の殺人鬼へと進化してしまう前に、早く捕まえなければならない。

いつか、私の大切な人たちが犠牲になってしまう可能性だってあるのだ。


レンタカーにガソリンを入れて返却した頃には、すでに午後四時を過ぎていた。昼食もまだなので、空腹と疲労がピークを迎えている。これから会社に帰って諸々《もろもろ》の業務を片付けなければならないことを考えると、あまりの絶望感に意識が飛んでしまいそうだった。

「……そういえば、白瀬めぐみの発言についてどう思う？」

赤羽駅へと歩く途中で、拝島先生がいきなり訊いてきた。何かを探るような口調は、いつもの不遜な態度には少し似合わない。

どの発言だろうかと、糖分と水分が不足して回らない頭で考える。

しかしシンキングタイムが長すぎたのか、拝島先生は近くを通りかかった空車のタクシーに手を上げてしまった。

「……まあいいや。今日はいきなり呼び出して悪かった」

「…………え？　先生が私に謝った……？」

「怪奇現象を見たような顔をするなよ」

停車したタクシーに乗り込みながら、拝島先生は私の目を正面から見据えた。

「意外かもしれないけど……僕は人付き合いがそんなに得意じゃないんだ」

「え、知ってますけど……？」

思わず失礼な反応を返してしまったが、先生は特に気にしていないようだった。

「それでも、職業柄というべきか……相手が本音で話をしているかどうかは直感的にわかる。その点、きみからは常に本気さが感じられるんだ。その特性は不器用さと紙一重……というか普通に社会人としてどうかとは思うけど、別に一定の評価を与えてもいいと思っている。解釈次第では、ひょっとしたら、という程度だけど」

「先生、また褒められているのか貶《けな》されているのかわかりません」

「だからきみに調査に協力してもらっている、という話をしただけだ。じゃあまた」

混乱する私を置いて、タクシーは駅とは反対方向へと消えてしまった。

回りくどいにもほどがあるけれど、先生なりに失意に沈む私を励ましてくれたのだ。

ただ、これを嬉しく思ってはいけない。むしろ、先生に気を遣わせてしまっている自分の情けなさを恥じるべきだ。一通り反省したら、すぐに気持ちを切り替えて前に進んでいくべきだ。

改札の前まで歩いてきたところで、先生が言いかけていた「白瀬めぐみの発言」が何を指しているかに気付いてしまった。


――例の小説がバッシングされている状況も、元はと言えば私が犯人のことをろくに覚えていないのが悪いんです。さ、作品に罪はないことなんてわかっているのに、私は弱いから、ニュースであの表紙を見るたびにっ、事件のことがフラッシュバックしてしまって……。

拝島先生は殺人鬼を美化する目的で〈絵札の騎士〉を書いたわけじゃない。断じて違う。それに、私のようにあの作品に鬱屈とした日々を救われた人も多いだろう。作品に罪はない――私たち読者が訴えるその言葉に、偽りはないと信じたい。

だが一方で、〈絵札の騎士〉は恐ろしい殺人鬼を生み出し、罪のない人々を三人も死に追いやり、遺族の心に一生消えない傷を刻み込む原因になってしまった。

いや、きっとめぐみさんだけが特別じゃない。凄惨な過去を背負った人々が、残酷な創作物を見てトラウマを刺激されてしまうケースは他にもあるはずだ。本気で傷ついているからこそ、正義中毒の人たちのように声を上げられない場合だってある。

ぞっ――と背筋を悪寒が走り抜けた。

この事件に関わる前の私はあまりにも無邪気だった。無邪気に、創作とは人を救う手段なのだと信じきっていた。

けれど創作は、作者が意図しない形で誰かに影響を与えてしまう。

書かれていることを書かれている通りに受け取られてしまうことも、誰かの思想を恐ろしい方向に歪めてしまうことも、誰かを深く傷つけてしまうことも――どれ一つとして、作者にコントロールできる領域ではないのだ。

だとしたら、創作者はどうすればいいのだろう。

恐ろしい事件が起きたら世間に謝罪して、作品を回収して、罪深いペンを折って静かに余生を過ごすべきなのだろうか？

本当に？　それで誰が救われる？

突如生まれた問いへの答えを、私はまるで持ち合わせていない。

*

「さあ答えるといい。きみはどんな死に方が好みなんだ？」

四枚のカードをローテーブルの上に並べながら、殺人者は穏やかな口調で言った。

対面する男は両手両足を椅子に縛りつけられて、完全な恐慌状態。自分の身に起きた不条理を認めたくない一心で、必死に拘束から逃れようともがいている。

しかし首から上くらいしか自由の利く部位がない男が、自力で運命を変えることなど土台無理な話だった。

「もう諦めた方がいい。きみは逃げられないし、助けなんて絶対に来ない。今更、私がそんな隙を作るはずがない。なぜなら〈絵札の騎士〉は成長段階を終えて、すでに一流の殺人鬼へと進化してしまったんだから」

原作の〈絵札の騎士〉は、物語の序盤では殺人鬼として実に未熟だった。

計画性など欠片《かけら》もなく、偶然に助けられて警察の目を掻い潜れていただけだ。突然降り注いだ豪雨によって殺人の証拠が洗い流されたシーンなどは、文字通り天が味方をしてくれたとしか言いようがない。

それでも〈絵札の騎士〉は殺人を重ねるたびに成長を続け、物語が中盤を迎えた頃にはどんな些細なミスも犯さない完璧さを会得していた。自分に辿り着ける証拠を残さないばかりか、警察の捜査を攪乱《かくらん》する囮《おとり》を展開させる余裕まで生まれたほどだ。

今回の殺人でその領域に到達することは事前に決めていた。わざわざ綱渡りをする必要はもうなくなったのだ。だから今回は被害者の自宅や路上などではなく、安全な狩場で殺人を実行している。

「正直言って、ここまで正確に模倣する必要はなかったんだよ。殺人者としての成長段階なんか無視して、いきなり完全犯罪を実現してみせてもよかった。……だけど、それじゃ敬意が足りないだろ？　〈絵札の騎士〉と同じ成長曲線を演出してこそ、この才能を見出《みいだ》してくれた先生への感謝を示すことができる」

存在ごと曝《さら》け出《だ》すような独白も、情緒に欠けるターゲットにはまるで響かなかったらしい。まあ、まともな感性など最初から期待していない。この男は歪んだ正義感に支配され、SNS上で〈絵札の騎士〉の悪評を広めていた下衆《げす》な人種なのだ。涙と鼻水で顔面を汚しながら呻《うめ》く様を見ても、良心の呵責《かしゃく》は特に感じなかった。

こういう有害な人間は、どれだけ残酷に殺されても仕方がない。

世界はそういう風になっている。それこそが真理なのだ。

「……ああ、そうか。口が塞がれていたら質問に答えられないんだった」

薄く笑いつつ、殺人者はターゲットの口からガムテープを強引に剝がす。肌が強く引っ張られる痛みに少し悶えたあと、男の目には希望の光が灯《とも》された。

「……ぁっ、たすっ、だだ誰か早く、けっ、警察……！」

恐怖で舌がもつれ、哀れな羊はまともな言葉を紡ぐことさえできない。

何度か試行錯誤したあと、彼は意味を成立させるのを放棄して叫び声に切り替えた。

声帯が擦り切れて血が出るのではないかというほどの声量だ。

「好きなだけ叫ぶといい。どうせ誰にも聴こえないから」

ここは二年前から廃墟《はいきょ》になったラブホテル——それも、室内にカラオケ機器が置かれていたタイプの物件だ。当然のように防音は完璧だし、近くに建設現場があるので僅かに外に漏れた声も簡単に掻き消されてしまう。

希望が完全に喪失したことを知った男から、一切の表情が消えていく。全身から力が抜け、声帯の動きすらも停止してしまった。

──これだ。この瞬間こそが至高なんだ。

強烈な快感が背筋を這い上がってくる。

全ての希望を刈り取られたとき、人間の精神からはあらゆる不純物が取り除かれる。これまで信じてきた『正しさ』が否定され、駆け引きや懇願の類が意味を失くし、恐怖や苦痛といった原初的な感情だけが取り残される。

「……さあ、そろそろ選ぼうか」

従順な羊となった男は、ローテーブルに並べられたカードを一つ一つ目で追っていった。それぞれの紋標《スート》がどんな殺害方法を指しているのかはもう説明してある。これまでの人生で間違いなく最重要となる決断を巡って、彼の脳細胞が目まぐるしく躍動しているのがわかる。

永遠と見紛《みまが》う逡巡《しゅんじゅん》のち、男が最終的に選んだのは〈ハートのA〉だった。

「素晴らしい。ちょうど、私もそれを選んでほしかったんだ」

感動で涙が出そうになるが、どうにか堪える。

成功確率は低いものの、涙からDNAを採取することも不可能ではないのだ。殺人の快感を最大限に味わいながらも、一切の物証を残さない慎重さを忘れてはならない。

男の選択に従って、殺人者はローテーブルに置いていた錠剤入りの小瓶を手に取った。もちろん、入手経路から手掛かりを掴まれてしまう心配はない代物だ。

ゴム手袋をはめた両手で小瓶の蓋を開け、涙に咽《むせ》ぶ男の顎を掴んだ。歯科医が使うような器具で強引に口をこじ開けてもよかったが、特に抵抗はなかった。哀れな羊に自ら口を開かせられたのは、一流の殺人者として覚醒した証なのかもしれない。

濃密な殺意を含有した大量の錠剤が、赤黒い喉内《こうない》へと零れ落ちていく。

すぐに男が激しく暴れ始めたので、一錠たりとも吐き出させないように両手で顎と口を押さえる。両手足を縛られていても凄まじい力で押し返してくるのを見て、人間が動物の一種であることを心から実感した。

「ああああ……最高だ……。心から感謝します、先生」

私の才能を見出してくれてありがとうございます。

生きる意味を与えてくれてありがとうございます。

世界の本質を示してくれてありがとうございます。

私という存在はあなたなしでは成立しえなかった。本当に感謝しています。

「……でも、自分で実践してみて初めてわかった。これだけじゃ足りないんですよ、先生」

くぐもった悲鳴が溢れ出る口を押さえながら、祈りのような独白は続く。

「どんな創作者も最初は模倣から始まり……次第に自我を獲得していく。憧れは嫉妬へと変質し、『敬愛する作者』は『超えるべき目標』へと置換されていく。ただの模倣を超えて、自分自身が本物になりたいと願うようになる。

だから拝島先生——私は、創作者であるあなたと直接お話しする必要がある。私が〈絵札の騎士〉の意志を継ぎ、この歪んだ世界を正す資格のある人間だと証明しなければいけないんです」

これは決して、遠すぎる願望などではないだろう。

なぜなら自分は拝島礼一の正体を知っている。姿形はもちろん、彼が雑誌記者の女と手を組んで自分を追っているということも。

「楽しみですね、先生。そろそろ物語を動かしましょうか」

第三章「倒錯」

1

ガードレールにもたれ掛かってスマホをいじるフリをしながら、私はショートカットの女性が一人で牛丼屋にいる様子を動画に収めていた。

彼女は無表情で黙々と牛丼を口に運んでいた。そんなの一人でいるのだから当然だけど、切り取った静止画の画質を粗くして陰影を付け加えれば、彼女がテレビでの姿とは真逆の『孤独な人物』というイメージを演出できてしまうから恐ろしい。

彼女は最近ブレイクした若手お笑い芸人で、大御所にも一切躊躇せず毒舌を浴びせかける芸風で若者の人気を集めていた。遠慮のない物言いでSNSがたびたび炎上することもあり、様々なメディアがターゲットにしている人物の一人だ。かく言う私も上司の命令で、夜七時にテレビ局から出てきた彼女をここまで尾行させられていた。

今回の記事がネットで公開されたときのことを思うと、今から憂鬱になる。

コメント欄には芸人というだけで条件反射のように批判的な態度を取る人たちによ

る嫌味だけでなく、他人のプライベートを盗撮してくだらない記事をでっちあげる記者への罵詈《ばり》雑言《ぞうごん》も書き込まれることだろう。

もちろん、メディア側もそれは承知している。むしろ『低俗な記事を痛烈に批判するのが趣味の人間』をメインターゲットにしてアクセス数を稼いでいるという側面すらあるのだ。救いようのない市場構造だと思う。

でも、こんな三文記事に加担するしかないのは私の能力が足りないせいだ。

写真週刊誌のほとんどは下衆なゴシップで構成されているが、中には闇に葬られてしまった事件被害者の心の叫びや、あまり報じられていない社会問題に深く切り込むような記事も存在する。私にもっと企画力や取材能力があれば、週刊風雅という媒体を使って誰かを救うことだってできるはずなのだ。

拝島先生とともに連続殺人事件を追う過程で、私は少しだけ、自分の仕事に対して真剣に向き合い始めているのかもしれない。

一度会社に戻って記事を書き上げ、副編集長《デスク》にデータを送信したところでＬＩＮＥの通知が来た。

ルームシェア相手の絵里からだ。しばらく掛かりっきりだったイラストの仕事がようやく片付いたらしく、その打ち上げも兼ねて飲みに行きたいとのことだ。

私も久しぶりに飲みたい気分だったので、断る理由は特になかった。

マンションの最寄り駅で合流した私たちは、そのまま駅近くの路地裏にあるダイニングバーへと向かった。落ち着いた雰囲気だが値段も安く、料理もお酒も美味しいという素晴らしい店だ。しかもここは拝島先生の〈土曜日の孤独に乾杯を〉が映画化された際に撮影場所になった、いわゆる聖地でもある。さらにマスターも拝島作品のファンで、最近では珍しい店内喫煙OKの店となれば、近所に住んでいる私たちが行きつけにしないはずがない。

カウンター席に並んで座り、海老《えび》のアヒージョやフィッシュ&チップスをつまみながら白ワインを飲む。少し酔いが回ってきた頃、私はオリーブオイルに浸されたブロッコリーをフォークで突き刺しつつ呟いた。

「……創作者は、自分が作ったものの責任をどこまで負うべきだと思う?」

「あー、例の模倣犯の件?」

メンソールの細い煙草《たばこ》を咥《くわ》えながら、絵里は慎重に答えてくれた。

「前にも言ったけど、犯罪者になっちゃうやつが一〇〇%悪いよ。そういうやつは、作品の影響なんて受けなくてもいつかは爆発する。きっかけはなんだっていいんだよ。

娯楽もロクにない時代の方がよっぽど凶悪犯罪は多かったわけじゃん？」

　同じ創作者として、絵里は今回の件に憤りを感じているようだった。模倣犯に対してだけでなく、拝島作品を不当にバッシングする世間に対しても。

「人間っていうのは、理解できないものが何よりも怖い生き物なわけ。だから、普通の人が犯罪者になってしまうのには何かしらの悲惨な理由があったんじゃないかって思いたがる。劣悪な家庭環境とか金銭トラブルみたいなわかりやすい理由が見つからなかったら、次に槍玉《やりだま》に挙げやすいのは『フィクションの影響』だよ。

　アメリカで銃の乱射事件が起きるのは戦争もののＦＰＳが流行《はや》っているからだし、日本で性犯罪やセクハラがなくならないのは行政がポスターに露出の多い萌《も》え絵《え》を使うようになったからだし、気弱な少年が駅前でナイフを振り回したのは、自宅に漫画やゲーム機が置いてあったから。そういう風に現実とフィクションを強引に紐づけて批判して、活動家や年寄りどもが本質を理解した気になってるだけだよ」

　きっと、絵里の意見は正しい。

　少なくとも、以前の私なら全力で肯定していたことだろう。

　創作者が意図しないところでどんな事件が起きても知ったことじゃないし、作品を読んでもいない偽善的な連中がバッシングを繰り返す光景には反吐《へど》が出る。犯罪を未然に防ぐためにフィクションを規制するなんて危険な思想だし、自称専門家やコメンテーターたちの感性は揃いも揃って昭和で止まっている——少し前まで、何の疑問もなくそう思っていた。

「……なに、引っかかることでもあった？」

もう長い付き合いだ。

いくら上手に感情を隠したつもりでも、絵里には簡単にバレてしまう。

「この前、取材で被害者遺族の人と会ったの。その人は〈絵札の騎士〉の表紙を見ただけで深く傷つくようになってしまってた。犯人に縛り付けられて、目の前で夫を殺された光景がフラッシュバックしちゃうって……」

彼女の震える声や、際限なく零れ落ちる涙を思い出すだけで、口の中に残るワインの酸度が増していく気がする。

「もちろん拝島先生は何も悪くないよ？　作品に罪はないとも思う。……だけど、あの作品が殺人犯に影響を与えて、あんな悲劇を生み出してしまったのは事実で」

「なるほど。当事者を前にしたら、私みたいに突き放した意見は言えなくなるか」

「かといって、何も知らない人たちが拝島先生を叩くのは絶対に許せないし。……何が正解なんだろうね。全然わかんないよ」

きっと、拝島先生は私以上に悩んでいる。

作品を生み出した張本人なのだから当たり前だ。多くの読者を楽しませるために書いた小説が連続殺人事件を引き起こしてしまうなんて、私だったら耐えられない。

これから先、拝島先生は残酷な物語を書けなくなってしまうかもしれない。

一人の読者として、これ以上に悲しい結末はないと思った。

「……でもさ、『誰も傷つけない創作』なんて地球上に存在すんのかな」

絵里は灰皿に煙草を押し付けた。

「悪いやつが一人も出てこないユルめな青春漫画でも、ハッピーエンドで終わる恋愛映画でも、自分の過去や現状と比較して傷ついてしまう人はいる。子供を持てない夫婦からしたら、コンプライアンスを徹底的に遵守した児童向けアニメさえも自分たちを責めているように感じるかもしれない」

孤独を極めていた高校時代の私も同じだ。

クラスメイトたちが貸し借りしていた少女漫画を古本屋でこっそり読むたびに、自分の鬱屈とした生活とのギャップに打ちのめされてしまったのを覚えている。

「どうせ誰かを傷つけてしまうなら、それより多くの人間の心を震わせるような、最高にイカしたものを創るしかないんじゃないの。それが、創作者の責任の取り方だよ」

とても誠実で、フェアな意見だと思う。

けれど、白瀬めぐみさんは実際に創作によって傷つけられているのだ。彼女のような人たちを救う手段は、本当にどこにもないのだろうか？

「……素晴らしい。全くの同感です」

椅子一つ分空けた隣に座っていた男性から急に話しかけられて、私と絵里は思わず顔を見合わせる。警戒しつつ振り向くと、どこかで見た顔がそこにあった。

白Tシャツにジャケットというイケイケな服装と、レンズに妙な横縞模様の入ったお洒落《しゃれ》な眼鏡。この人は確か、以前潜入した読書会を主催していた……。

「横からごめんなさい、織乃さん。今が話しかけるタイミングかと思いまして」

「お久しぶりです。ええと……矢坂、さん？」

記憶の底から引き出した名前は、どうやら正解だったらしい。矢坂さんは爽やかに笑うと、白濁色のカクテルに口を付けた。

この店は拝島作品が映画化された際のロケ地なので、読書会を主催するほど熱狂的なファンの矢坂さんがいるのは不思議じゃない。映画にも登場した〈シルバーブレット〉というカクテルを飲んでいるのが、聖地巡礼で来ている証拠だろう。

まだ怪訝な顔をしている絵里に、「例の読書会で会った人」と耳打ちする。

それだけで彼女は全てを察してくれたようだ。私が普通の会社員だと嘘を吐いて潜入していたことも含めて。

「たとえば〈ジョーカー〉を撮ったトッド・フィリップス監督は、作品が世間に悪影響を与える可能性について問われたときにこう答えています。『観客に暴力のリアルを感じさせ、その重みを感じさせることの方が、僕自身は責任を持って描いていると思っている』と。その点で言えば、拝島先生は間違いなく創作者としての責任を果たしていると思いますよ。実際に僕は、拝島作品に大切なことを教わりましたし」

「矢坂さんもそうなんですね」

「はい。……実は僕、学生時代に容姿が原因で虐《いじ》められてまして。成人してからも、コンプレックスが消えずに苦しんでたんですね」

いかにも六本木《ろっぽんぎ》あたりで遊んでいそうな見た目からは、まるで想像できない過去だ。きっと相当な努力をして今のイケイケな雰囲気を獲得したのだろう。

「大学三年生の頃かな。拝島先生のデビュー作の〈空に堕ちる〉を読んで衝撃を受けたんです。自分よりも遥かに地獄みたいな環境にいる主人公たちが、現状から抜け出すために復讐を企てる姿を見て……物凄く勇気を貰ったというか。もちろん復讐そのものに憧れたわけじゃないですよ？　ただなんというか、自分の現状を悲観して立ち止まっていても意味がないことに気付けたんです」

〈空に堕ちる〉は、文学新人賞で物議を醸した衝撃作だ。

母親を自殺に追い込まれた兄弟が、復讐のために義理の父やその仲間たちを次々と自殺に見せかけて殺していくという救いのない作品で、〈絵札の騎士〉の原点になったと指摘する書評家もいる。例の模倣犯が生まれてからは、〈絵札の騎士〉とセットになって叩かれることも多い。

同じ作品を読んで、生きる希望を見つけて先に進むことができた人がいる。

その一方で、恐ろしい殺人鬼になって悲劇を量産している人がいる。

この違いはいったい何なのだろう。

「……いや、でも羨ましいですよ。正直」

しばらく黙って話を聞いていた絵里は、遠い目をしながら紫煙を吐き出していた。

「並みの創作者じゃ、こんな風に議論の題材になることすらありえないですからねー。物語としての威力が凄まじいからこそ、拝島作品は読んだ人間の人生を捻《ね》じ曲《ま》げてしまうんだろうな。いい方にも、悪い方にも」

私もそんな創作者になりたいな、と呟いて、絵里は残っていた白ワインを一気に飲み干した。

その横顔には、親友の私でも簡単には触れられない感情が滲んでいる気がした。

それから一時間くらい、私たちと矢坂さんは適度な距離感を保ちつつ会話を交わし、終電の時間が近付いてきた頃に一緒に店を出ることになった。

何となく矢坂さんを駅まで送る流れになって、三人で並んで歩いていく。

駅前のロータリーに差し掛かったあたりで、矢坂さんはずっと忘れていたことを突然思い出したように声を上げた。

「そう言えば、最近ツイッターとか見てますか？　なんか、〈絵札の騎士〉を名乗る人物の怪文書が都内でたくさん見つかってるらしくて」

矢坂さんが差し出したスマホ画面を見ると、確かに複数のツイッターアカウントが〈絵札の騎士〉の声明文を見つけたという投稿をしていることがわかった。

ある者は電車の座席の上で、ある者は自販機の取り出し口で、ある者は自転車の籠の中で、短い文章が印刷された不審な紙を拾ったとのことだ。

自分のスマホでも調べてみると、怪文書の画像を載せている投稿も見つかった。

『己の中の正義を信じろ。粛清すべき連中は至る所にいるぞ』

『迷うな。武器を取れ。耐え忍ぶ時間はもう終わりだ』

『私が許す。一刻も早く、愚昧な偽善者たちに罰を与えろ』


どの声明文にも、末尾に〈絵札の騎士〉という署名が添えられている。

これがツイッターなどで拡散されていると考えると鳥肌が立った。

まさかこの模倣犯は——新たな模倣犯を生み出そうとしているのだろうか。

「不気味ですよね、この流れ」矢坂さんは痛みを堪えるように言った。「一ファンとして、早く収束してくれるのを祈るしかないですが……」

駅構内へと歩いていく矢坂さんを見送りながら、背筋が冷えていくのを感じた。

私と先生は以前、模倣犯は成長を続けていると推理した。綱渡りでしかなかった第一の殺人を経て、回数を重ねるごとに手口を洗練させていき、やがて原作と同じ一流の殺人者へと進化していくのかもしれないと。

だが、まさか原作の〈絵札の騎士〉をも超えようとしているとまでは思わなかった。人間に生み出されたＡＩが、自身の手で同胞を量産し始めたような異常事態。もはや〈絵札の騎士〉は、誰にも制御できない存在になりつつある。

——何者かの視線を感じたのは、そのときだった。

ただならぬ気配を感じるのは駅とは反対方向からだ。いや、自分が物陰から人を盗撮するような仕事をしているから、神経が過敏になっているだけなのかもしれない。

気のせいであることを祈りつつ、慎重に後ろを振り返る。

そこで私は、自分の呼吸が断絶したのをはっきりと自覚した。

三〇メートルほど離れた電柱の陰から、何者かがこちらをじっと見ているのだ。

その人物はすぐに身を翻し、路地裏へと身体を滑り込ませていく。黒いレインコートのようなものを着ている上に、この距離だ。顔はおろか、体型すらも全く判別できなかった。

「……未希、大丈夫？」

よほど顔が引《ひ》き攣《つ》っていたのか、絵里が心配そうに私の顔を覗《のぞ》き込《こ》んでくる。

足元が揺らぐような恐怖の中では、笑って誤魔化すこともできそうにない。

2

自宅マンションに帰るまでの間、私は尾行を警戒し続けた。

できるだけ人通りが多いルートを使い、アイスを買うなどの適当な理由をつけて二度ほどコンビニに入った。もちろん、いつでも警察に通報できるようにスマホを握り締めながら。絵里は酔ったときの私の奇行には慣れているので、特に指摘してくることはなかった。

電柱の陰から私たちを見ていた人物は、いったい誰なのだろう。

雑誌記者という可能性がすぐに浮かんだが、新米の同業者をターゲットにするような極度の暇人は存在しないだろう。イラストレーターとして活躍している絵里が狙われている可能性も少し考えたが、そもそも彼女はどこにも顔出しをしていない。私か絵里のストーカーになりそうな男性の心当たりもなかった。

——まさか、例の模倣犯が？

模倣犯が何らかの理由で拝島先生の顔を知ったのだとしたら。先生を尾行しているときに、私が一緒にいるところを見られたのだとしたら。

ありえないことだと、すぐに否定しきれないのが恐ろしい。

酔い覚ましに少し歩こうよ、と言い訳して迂回に迂回を重ねた結果、自宅マンショ
ンまで帰ってくるのに二〇分近くかかってしまった。周囲の様子を窺《うかが》うが、尾行の気
配は特に感じない。

安心したのも束《つか》の間《ま》、絵里がマンションの方を指差して言った。

「……未希、なんか変な人いない？」

目を凝らしてみると、エントランスの自動ドアの前に座り込んでいる人影が見えた。

花壇のブロックを椅子代わりにして、何やら熱心にノートＰＣを操作している。

恐怖で凍えそうになりながら近くの自販機の陰から覗いてみると、ＰＣのブルーラ
イトが照らす顔が薄らと見えた。

駅前で私たちを覗いていたのが殺人鬼ではなかったことに安堵《あんど》しつつも、別の疑問
が湧き上がってくる。

「……嘘でしょ、何でここに」

「なに未希、知り合いなの？」

「知り合いって言うか、その……」

視線か囁《ささや》き声《ごえ》のどちらかに気付いたのか、拝島先生はＰＣから顔を上げてこちらを

振り向いた。

「なあ、何をコソコソしてんの」

自販機から半身だけを出して、私はどうにか反論する。

「せ、先生こそなんでここにいるんですか！」

「きみが何度電話しても出なかったからだろ」

「で、電話？」

そんなの来てないと言いかけて、私はハッとした。

先生から見えないように、自販機の陰で鞄の中をまさぐってみる。会社から支給された仕事用のスマホを引っ張り出し、ホーム画面のロックを片手で解除した。

案の定、知らない番号からの通知が一〇件近く届いている。

「ち、ちょっと電源が切れててですね……」

「へえ、名刺に書いてあった番号がデタラメだったとかではなく？」

「いやあ、はは……」

仕事モードを完全にオフにして飲んでいた私のミスだ。この方向で戦うのはちょっと分が悪い。

「というか、家まで来るなんて反則ですよ！　ストーカーです！」

「……な。まさかそうなるのか？」

どうやら先生は自分の行動のヤバさに気付いていなかったようだ。

「……そもそも、どうやって住所を知ったんですか」

「レンタカー屋で免許証を提示していただろ。そのときに軽く暗記しただけ」

「ぐっ、なんて記憶力……！」

さらっと超人技を披露した先生に圧倒されていると、蚊帳の外に追いやられていた絵里が指先で肩を叩いてきた。

「ねえ、どういう状況なのコレ？　てかあの人誰？　『先生』って言ってたけど……」

明らかに怪訝な顔をしている彼女を、これ以上不安がらせるわけにもいかない。

私は小声で白状することにした。

「落ち着いて聞いてね、絵里。あの人は拝島礼一先生。わけあって業務提携してるの」

「は、拝島礼一って、あの!?　なんであんたが……？」

「ほら、私も出版社の人間でしょ？　そりゃ、仕事で絡むこともあるよ」

「あんた文芸担当じゃないでしょ。てか、どうして作家が家まで来るわけ？」

「あー、それには深い事情があって……」

あらぬ誤解をされていそうだが、例の殺人事件のことに触れずに私たちの関係をうまく説明できる気がしなかった。

観念して、困惑する絵里に頭を下げる。

「ごめん絵里、あの人と話があるから……先に部屋に帰っててくれる？」


エントランスの前で話すわけにもいかないので、拝島先生を連れて近くの児童公園まで移動した。その途中で、ただ待つのも時間の無駄なのでずっと新作の原稿を進めていたという謎のストイックさを知り、ますます暗澹《あんたん》たる気持ちになる。

座る場所が他になかったので、私は仕方なくブランコに腰を下ろした。

「それで、用件はなんですか？　家まで来るくらいだから、さぞ緊急事態なんでしょうけど」

嫌味を軽く受け流し、先生はブランコを囲む橙色《だいだいいろ》の柵に腰をかけた。

「刑事の山倉から続報が届いたんだ。今日の午後九時頃に、都内の駅構内でナイフを振り回していた男を現行犯逮捕したらしい」

そんな軽率な男が、例の模倣犯のはずがない。いったい何が緊急事態なのだろう。

「その顔じゃ、まだ報道を見てないみたいだな」

拝島先生が見せてくれたのは、知らないツイッターアカウントによる投稿だった。

『ねえ、駅にヤバい奴《やつ》いたんだけど！　本当に怖かった、、』という文とともに、二分程度の動画が添付されている。

先生がそれをタップすると、阿鼻《あび》叫喚《きようかん》の光景が再生された。

地下鉄駅のホームと思しき場所で、人々が必死の形相で走り回っている。

いや、何かから逃げ惑っているのだ。手ブレが激しいカメラが横にスライドし、泥酔者めいた足取りで暴れる人物の姿を映し出した。

その男はマジシャンが着るような黒い燕尾《えんび》服《ふく》に身を包み、赤い蝶《ちよう》ネクタイを締めている。刃渡りの長いナイフを、壊れた人形のように滅茶苦茶に振り回していた。

「……これは、まさか」

一目でわかった。この男が着ているのは、映画版の〈絵札の騎士〉が殺人を実行する際に身を包む正装なのだ。原作には描かれていない要素だが、世間が〈絵札の騎士〉と聞いて連想するのはまさにこの姿だ。

拝島先生は言葉の奥に忌々しさを滲ませた。

「幸いにも死者は出なかったけど、女子高生が一人と、六〇代の男性が腕を切られて病院に搬送されている。逃げる際に転倒して負傷した者もいたらしい。

警察は、一連の連続殺人もこの男の仕業と見ている。山倉が捜査状況を逐一報告してくれてるけど……この男が僕の作品の熱心な読者で、〈絵札の騎士〉に心酔していることは確かって話だ」

「……三件の殺人について認めてるんですか？」

「いや、絶賛否認中。自身のツイッターアカウントで〈絵札の騎士〉の有害図書指定化を訴える白瀬氏を口汚く罵ったり、第二・第三の被害者を中傷するＤＭを送っていた事実はあるらしいけど」

拝島作品の熱狂的なファンで、批判的な人物になら何をしてもいいと考えている正義中毒者。かつて拝島先生が山倉刑事に語った犯人像と、確かに一致する。

――けれど、どこか腑《ふ》に落ちない。

「……先生は、本当にこの男が真犯人だと思っているんですか？」

「わかりきったことを訊くなよ。こんな間抜けが、警察を欺いて三人も殺せるはずがないだろ。それに、無差別な通り魔殺人は〈絵札の騎士〉の美学に反する」

私も同意見だった。

〈絵札の騎士〉は『独りよがりな正義で世界を歪めている人物』をターゲットにして、入念な身辺調査をした上で犯行に及んでいる。名前も顔も知らない人間を無作為に傷つけるようなことは絶対にしない。

　脳内では、各種ＳＮＳで拡散されている怪文書がつむじ風に吹き散らされていた。

「……模倣犯の模倣犯」

「ああ。この通り魔は、例の怪文書に触発されただけのバカに違いない」

　この通り魔が『〈絵札の騎士〉の模倣犯に影響を受けていた』と報道されるのは時間の問題だろう。

「何もかも壊れてしまえばいい、と考えている人間は大勢いる。いわゆる〈無敵の人〉という存在だ。彼らには失うものが何一つなく、おまけに社会を憎悪しているから、『どうせ死ぬなら大勢を道連れにして派手に死のう』という短絡的な発想に陥りやすい。……まあ、そこまで精神状態が悪化するのは周囲や行政のサポートが行き届いてないのが根本的な原因だったりもするけど」

　拝島先生は忌々しそうに続けた。

「模倣犯は、そういう人間に『正義』という大義名分を与えてしまったんだ」

「……正義、ですか」

　拝島先生を不当にバッシングしたり、炎上を煽っている人間を襲うのであれば一応の筋は通っている。完全に歪んでいるとはいえ、それも正義感の成れの果てだと解釈することは一応できる。

しかし、地下鉄のホームでナイフを振り回す行為のどこに『正義』があるというのだろう。

「別に、誰もが納得できる論理なんていらない。まず自殺願望を伴う破壊衝動があり、それを正当化するために都合のいい『悪』を捏造《ねつぞう》しているだけだよ。模倣犯が都内にばら撒《ま》いた声明文がどれも抽象的で、『具体的にこういう人間を殺しましょう』とは書いてなかったのは、解釈の幅を確保するのが目的。追い詰められた人間の中に元々ある破壊衝動を、勝手に『正義』へと変換させるために」

「……そんなの、明らかに無茶苦茶です」

「人間は、まあ程度の差はあるけど――生きているうちに自分の考えを他者によって矯正されていく。そうして培われるのが『常識』であり『道徳』だ。

でも、何らかの事情で社会から隔絶されていたり、人との関わりが希薄だったりすると、自分の思想が歪んでいることに気付きにくくなる。自分の中でだけ通用する『正義』を少しも疑わず、どんどん妄想を肥大化させていくんだ。そうなると、最終的には駅のホームでナイフを振り回すしかなくなる」

先生は、状況を俯瞰《ふかん》するような態度で分析した。

直接的な被害者を除けば、一連の事件で最も損害を被《こうむ》っているのは先生なのに。無責任な世間から、先生が諸悪の根源のように叩かれているというのに。

「ほぼ間違いなく、連続殺人犯と通り魔に直接的な関係はない。思想の源流を辿ったとしても、せいぜい例の怪文書で行き止まるのが関の山だと思うよ。もしこれからも似たような事件が増え続ければ、捜査本部はますます混乱してしまうはずだ」

「そうなると、真犯人は派手に動きやすくなります……よね？」

「それだけじゃない。そいつの存在感がますます高まり、原作の〈絵札の騎士〉をも凌《しの》ぐ悪のカリスマに成長してしまう可能性だってある」

　悪のカリスマ。

　口にしてしまえば陳腐な響きだが、凶悪犯罪を連鎖的に引き起こすほどの影響力を持つ怪物なんて、あまりにも危険な存在だ。

「どうやら、僕はこの模倣犯のことを少し見くびっていたみたいだ。こいつはただ〈絵札の騎士〉を模倣してるだけじゃない。確固たる影響力を獲得して、原作すらも超えようとしているんだ」

「……犯人は、その先にどんな結末を求めてるんでしょう」

「さてね。まあ少なくとも、僕にとって愉快な結末にはならないはずだ」

そう吐き棄てて、拝島先生は短く息を吐いた。

街灯に照らされる不機嫌な顔を眺めていると、突飛な発想が浮かび上がってきた。

――もしかしたら、犯人は拝島先生に認められたいのではないだろうか。

好きな子に悪戯をする男子小学生と似た心理だ。気を惹《ひ》きたくてたまらないのに、真っ当な方法で想《おも》いを伝えることができない。かといって遠くからこっそりと眺めているだけでは満足できないので、相手が自分のことだけを考えてくれるように悪戯を繰り返す。たとえ相手を深く傷つけ、心底嫌われる結果になったとしても今更止められない。なぜならその子は、どんな形であれ、好きな相手の心を独り占めにできてしまっているのだから。

憧れという感情は、ときに手に負えないほど暴走してしまうことがある。

もしかしたらそれは、二〇歳でデビューしてからずっと第一線で輝き続けてきた先生には想像しづらいことなのかもしれない。

「……先生、早く犯人を捕まえましょう」

気付いたときには、そう口に出してしまっていた。

「このまま、先生の新作が読めなくなってしまうなんて絶対に嫌です。どんな手段を使ってでも、犯人の尻尾を摑まえましょう」

先生のために、私ができることは何だろう。

これまで向上意欲とは無縁だった新米記者の私には、刑事の山倉さん以上の情報提供者なんていない。取材能力も情報収集力も戦力外レベルだし、仮にも会社員なので一日中東京を駆け回ることさえできない。強いて言えば、拝島作品への愛と知識なら誰にも負けないということくらいだ。……でも、その程度の武器が本当に通用するのだろうか？　こんなに常軌を逸した連続殺人鬼に？

不安を誤魔化すため、話題を少し変えることにした。

「そういえば先生、さっき駅前で私たちを見ていたのはどうしてですか？」

「何の話？」

「え、電柱の陰に隠れてこっそり見てたじゃないですか」

「そんなストーカー行為なんてするか。僕を見くびりすぎだ」

「……まさか、先生じゃ、ない？」

そういえば、あの人物はレインコートのようなものを着ていた。対する拝島先生の服装はいつもと同じ白のサマーニットと黒パンツだ。

先生が嘘を吐いていないのなら、あの人物はいったい何者なのだろう。

まさか本当に、殺人鬼が私たちの傍まで近付いてきているのだろうか？

＊

翌日、警察の正式発表によって私たちの懸念が正しかったことが証明された。
連続殺人事件の犯人だと期待されていた通り魔の男には、第一・第三の事件が起きた日時にバイト先の居酒屋にいたというアリバイがあったのだ。
そして——追い打ちをかけるように新たな地獄が生み落とされる。
東京都板橋《いたばし》区某所——数年前に廃墟となったラブホテルで、四人目の犠牲者が遺体で発見されたのだった。

3

朝八時台のテレビは、昨日起きた殺人事件の報道で埋め尽くされていた。まだ自室で寝ている絵里に気を遣い、できるだけ音量を下げて報道をチェックする。
最初に見たニュース番組では、事件現場となった廃墟の様子が映し出されていた。ブルーシートと規制線に囲まれた建物に、大勢の捜査員たちが出入りしている。

朝食代わりのカフェオレを啜りながら、男性ナレーターが読み上げる事件の概要に耳を傾ける。

『昨日未明、現場となった廃墟で遊んでいた少年たちからの通報を受けた警察が駆け付けたところ、建物内部で男性が倒れているのを発見しました。

亡くなっていたのは東京都の会社員・三浦《みうら》鉄也《てつや》さん。正確な死因はまだ断定できていませんが、体内からは致死量を超える薬物が検出されたとのことです。現場に残されていた遺留品などから、警察は今年三月から発生している連続殺人事件と関連があると見ています。

ベストセラー小説〈絵札の騎士〉の登場人物を模倣しているとされる殺人鬼は、未だに姿を晦ませたまま……。最近ではその殺人鬼に影響を受けた人物による通り魔事件まで起きている状況です。事態がこれ以上悪化する前に、一刻も早い犯人逮捕が待たれています』

画面には唐突に〈絵札の騎士〉の装丁画が映し出され、そこから神妙な顔をしたコメンテーターたちが並ぶスタジオへと切り替わっていく。

初老の司会者の前に、赤い布がかけられた台が運ばれてきた。その上に置かれた〈絵札の騎士〉の単行本を手に取り、司会者は憤りを押し隠したような声で語る。

『この作品ね、私も少しだけ読ませていただきました。冒頭からいきなり目を背けたくなるような残酷描写が登場しまして、私なんかは驚いてしまったわけですが……。でも現代は、こういった残酷な作品がベストセラーになってしまうような世の中ということなんでしょうかねえ。それだけ、社会に不満を抱えた若者が多いということでしょうか？　どう思います、桝田《ますだ》さん』

話を振られたのは、実在すら疑わしい謎の大学で客員教授をしているコメンテーターの女性だった。訳知り顔で有害な創作物が青少年に与える影響について語り始めた彼女に腹が立ち、私はリモコンを操作して別のチャンネルに切り替える。

次の番組では、一連の事件を受けて〈絵札の騎士〉の売り上げが急増していることについて触れられていた。いくつかの書店で〈絵札の騎士〉が平積みされている光景が映し出されている。あくまで男性アナウンサーはニュース原稿を淡々と読み上げているだけだが、凶悪事件を報道するときのような低いトーンのせいで、陳列されている書籍が押収された違法薬物のように見えてしまうから不思議だ。

チャンネルを切り替える。

黒塗りの高級車から降りてくる白髪の男性が、報道陣から放たれた大量のフラッシュを浴びている様子が報道されていた。

どうやら彼は〈絵札の騎士〉を刊行した大洋社の代表取締役で、凶悪事件に便乗して出版社が利益を伸ばしていることについて追及されているらしかった。

画面の外側にいる記者たちから、罵声にも似た質問が飛ぶ。

『〈絵札の騎士〉の影響で四人も殺されています。被害者遺族に対してコメントを！』

『今すぐ発禁にすべきという声も出ていますが、どうお考えでしょうか⁉』

『拝島礼一氏はどこに潜伏しているのでしょうか⁉』

チャンネルを切り替える。

『このような、コンプライアンスを軽視した創作物に対する批判が増えてきたのは実にいい流れだと思います。受け手の意識が変わってきた表れで』

チャンネルを切り替える。

『取材班は、〈絵札の騎士〉を書店で購入した方に話を』

チャンネルを切り替える。

『小説家に限らず、創作者には意識をアップデートする必要が』

チャンネルを切り替える。

チャンネルを切り替える。

チャンネルを切り替える。

「ちょっと、落ち着け落ち着け」

横から腕を摑まれて、私ははっと我に返る。

パジャマ姿の絵里が、寝惚け眼を擦りながら笑っていた。

「鏡見てきなよ。あんた今、完全に目がヤバいから」

「ご、ごめ……」

「大丈夫、あんたの奇行には慣れてるから。ほら、顔洗ってきな？」

「……うん。ありがとう」

大したことは何も起きてないような態度で接してくれたルームメイトに感謝しつつ、言われた通りに洗面台へと向かう。冷たい水で顔を洗い、鏡を見てびっくりした。ただの寝不足では説明がつかないほど、目の下の隈が深刻になっているのだ。

心労のせいなのは間違いない。仕事への不満、憧れの作家へのバッシング、事件を追いかける非日常で蓄積されたストレス、自分自身の不甲斐《ふがい》なさ、今まさに迫っているかもしれない殺人鬼の影——思い当たる要因はいくらでもある。

打ち明けよう、と思った。

誰かに話を聞いてもらわないことには、今日を生きる推進力を得られそうにない。そんな、どこまでも自分勝手な理由でしかないけれど。

リビングに戻ると、私はソファの上でスマホを弄《いじ》っている絵里の隣に座って、ここ数週間に起きたことを語り始めた。

上司の命令で読書会に参加したこと。

そこで出会った優男が、拝島礼一先生本人だったこと。

先生と一緒に連続殺人事件の調査を進めていること。

未だに決定的な手掛かりはなく、犠牲者が増え続けていること。

まるで力になれない自分に憤りを感じていること。

悔しさと恐怖でおかしくなってしまいそうなこと。

私が息継ぎもせず話し続けるのを、絵里はスマホに目を落としながら黙って聞いてくれていた。何事もすぐ深刻に捉えて悲観的になってしまう私には、彼女のこういう大雑把さがありがたかった。

しばらく無言の時間が流れたあと、絵里は背を伸ばしながら言った。

「未希さ、実はそれほど悩んでないんじゃない？」

「え？」

「そりゃ大変な状況だし、ストレスもえげつないだろうけど……少なくとも、自分がやるべきことは明確になってるわけでしょ。自分がどうしたいのかもわかんないで会社の愚痴ばっか言ってた頃よりは、よっぽど充実してそうだけどね」

昔から、絵里は何かに執着することがほとんどなかった。自分から告白して付き合った恋人とも価値観が合わなければ一週間で別れていたし、新卒で入った会社を辞めてイラストレーターに専念するときの決断も早かった。周囲の状況を俯瞰的に捉え、今の自分に本当に必要なものは何かを冷静に見極める力が絵里にはある。

そんな絵里が言うのだから、きっと間違いない。

私は今、どんな手段を使ってでも事件を解決したいと思っている。敬愛する小説家に纏わりつく悪評を振り払いたいと思っている。

「メンタルケアはいくらでもやってやるからさ、未希は何も気にせず進みなよ。感情をセーブしないで暴走してるときのあんたは、誰にも止められないくらい強いから」

「わかった。私、今から暴走するね」

「……いや、まあいいんだけど。法律とかは守ってね？」

「ありがとう！」

絵里をきつく抱き締めたあと、私は秒速で身支度を整えて部屋を出た。

マンションのエレベーターに乗り込み、金属の箱が五階分降下するのを待っている間に、事件の渦中にいる小説家に電話をかける。八コール目でやっと出てくれた先生が声を発する前に、私はいきなり法を犯す提案をした。

「おはようございます、先生。早速ですけど、刑事の山倉さんにアポを取ってもらえませんか？　昨日起きた、第四の事件の現場に入れてもらいましょう」

『朝っぱらから早口で捲し立てるなよ。頭痛がする』

相変わらず不機嫌な声で呟いたあと、先生は欠伸混じりに言った。

『それに、わざわざ指摘しなくていい。もう手配は完了してる』

4

上司に急病の連絡を入れてから、電車で事件現場の最寄り駅へと向かう。

今回、改札前に先生はいなかった。地図アプリによると事件現場の廃墟は駅から徒歩二〇分とのことだったので、たぶん直接向かったのだろう。私も大人しく、駅前のロータリーでタクシーを拾うことにした。

四件目の事件ともなると世間の注目度は尋常じゃなく、平日の午前中だというのに付近は野次馬や報道陣でごった返していた。仕方なく、少し離れた位置でタクシーから降りる。病欠しているはずの人間がうっかりテレビカメラに映りでもしたら大惨事は免れないので、慎重に行動しないといけない。

というか、本当に現場の建物に入ることができるのだろうか？

遺体が発見されてからまだ一日しか経っていないため、現場周辺には警察車両がいくつも停まっている状況だ。ブルーシートで内部の様子は窺えないけれど、今ごろ鑑識や刑事が血眼になって遺留品を集めているはず。探偵役が気軽に捜査現場に入っていく様子はドラマや漫画でたまに見るけれど、現実はそう簡単にはいかない。

「ちょっと、コソコソと何してんの。空き巣の下見に来た泥棒みたいに」

人だかりから離れた電柱の陰で突破口を探していると、突然車道の方から声をかけられた。

この、いちいち皮肉を挟まなければ人に声をかけられない面倒な性格は……。

案の定、路肩に停めた黒いセダンの後部座席から、拝島先生がこちらに呆れ顔を向けていた。運転席にいるのは刑事の山倉さんだ。

「拝島先生、いよいよ逮捕されたんですか？」

「そんな軽口はいいから、早く乗ってくれ」

先生は顎で前方を指した。助手席に座れということだろう。

大人しく乗車すると、小さな舌打ちとともに山倉さんが車を発進させた。

山倉さんは現場から少し離れたコインパーキングに向かい、車道からは見えにくい最奥の区画に車を停めた。

キーを回してエンジンを切ると同時に、同情を誘うような深い溜め息を吐く。

「……マジで困ります。こんなのバレたらクビですよ、俺」

「毎回同じことばかり言ってて飽きないか？」

「拝島さん、もしものときは絶対道連れにしますからね……！」

絶対に覆らない上下関係というものを私にまざまざと見せつけたあと、山倉さんは観念して語り始めた。

「殺されていたのは三浦鉄也。都内の企業に勤める会社員です。三年前に結婚した妻がいて、数日前に三〇歳の誕生日を迎えたばかりでした」

「そんな情報はもう報道されてるよ。他には？」

「……夫婦関係はすでに冷え切っていたようです。三浦は精神的に不安定なところがあったらしく、不倫やＤＶも日常茶飯事。妻は友人に離婚の意志を仄《ほの》めかしていました。とはいえ、夫の死に全くショックを受けていないというわけでもなさそうでしたけど」

バックミラーで後部座席を見ると、拝島先生は欠伸を噛み殺している最中だった。痴情の縺《もつ》れが引き起こした事件じゃないことは明らかなので、被害者の私生活なんて興味ないのだろう。

ただ、この点についてだけは確認しておく必要がある。

「山倉さん、被害者はSNSをやっていましたか？　フェイスブック以外に」

被害者の実名で検索して、最初に出てきたのがフェイスブックのアカウントだった。フォローしているのは仕事関係の人間がほとんどだったが、たまにプライベートな投稿もしている。しかしバイクや釣りなどの趣味に関するものが多く、拝島先生を批判するような内容は見つからなかった。

私が質問するとは思っていなかったのか、山倉さんは訝《いぶか》しげな視線を向けてくる。このままだと埒《らち》が明かないので、意図まで伝えることにした。

「これまでの三人の被害者には、拝島作品への批判で注目を集めていたという共通点がありました。それがただの偶然じゃないなら、今回殺された三浦さんもネットなどで批判を展開していた可能性があります。ビジネス用に使っているフェイスブックにはそういう投稿がなかったので、たぶんツイッターかインスタグラムじゃないかと」

「……警察もその可能性を考慮して、三浦のツイッターアカウントを特定しています。

自身の投稿はほぼありませんでしたが、拝島作品をバッシングするツイートをいくつか拡散《リツイート》していたようです」

「やっぱりそうですか。あ、あと死亡推定時刻はいつ頃ですか？」

「一昨日《おととい》の午後二時から四時の間です」

「え、そんな昼間に？　目撃者はいなかったんですか？」

「いません。不審な物音を聴いた住民すら皆無ですよ」

「近隣でマンションの建設工事が行われてるからな」と拝島先生。

「ええ。近隣住民によると、工事の騒音がうるさくて日中はテレビの音も聴こえづらいとのことです」

「なるほど、だからわざわざ日中を選んで……」

「まあそうですが……というか、今日はぐいぐい来ますね、あなた」

「現場の写真を見せろ」という声が、後部座席から聴こえてきた。

　確かに、被害者の人間関係から犯人を追うことができない以上、手掛かりはきっと殺害現場にしかない。渋々といった様子で山倉さんがスマホを拝島先生に差し出したので、私も座席から身を乗り出して画面を覗き込む。

「……なに、今回は目を背けないんだ」

「はい。いつまでも逃げてばかりじゃいられないので」

廃業から二年しか経っていないはずだが、客室はまるで肝試しスポットのように荒れ果てていた。薄桃色の壁紙は大部分が剝がれかけており、調度品が全て撤去されたカーペットの床は所々が黒ずんでいる。ズームしなくてもわかるくらい大きな蜘蛛《くも》の巣が張られているのも見えた。

写真からでも埃臭《ほこりくさ》さが伝わる部屋の中央に、赤黒い物体が鎮座している。

山倉さんが画面をスワイプすると、その物体が視界いっぱいに広がった。死体を至近距離から撮影した写真だ。

三浦鉄也は四つの手錠で手足を椅子に拘束されていた。身に着けているのは下着だけ。無抵抗を余儀なくされた肉体には、至る所に暴行の痕が見える。

「見ての通り、マル害は拷問を受けていました。全身の一五箇所が骨折し、細かなものも含めると裂傷は三六箇所にも上ります。左の眼球は潰され、両手両足の指は全てペンチのようなもので潰されていました」

拷問。

しかもこれは、情報を引き出すためでも復讐を果たすためでもない。倒錯した目的のもと、ただ苦痛をもたらすためだけに行われた残虐行為だ。被害者が絶命するか、模倣犯が飽きてしまうまで、地獄が終わることはない。

「猟奇殺人と拷問はセットみたいなものですが、今回のはさすがに……。なんというか、人間の命を愚弄しているとしか思えない」

次の写真は、被害者の顔をアップで写しているものだった。

「……酷い。こんなの」

思わず、不快感を口に出していた。

断末魔の絶叫のまま固定された口内は、血が混じった吐《と》瀉物《しゃぶつ》で埋め尽くされていた。飛び出そうなほど大きく見開かれた右目の眼球は乾ききっている。そして、本来なら左目が嵌まっているはずの窪《くぼ》みには何らかの物体が突き刺さっていた。

拝島先生が躊躇なく画面を拡大して、その正体が判明する。

――これは、筒状に丸められたカードだ。

「清々しいほどに死者を冒瀆《ぼうとく》しているな。いや、僕の作品に対してもか」

原作の〈絵札の騎士〉は、殺害現場にトランプのカードを一枚仕込むことを署名にしていた。

でも、そのために死体を損壊するような真似はしなかったはずだ。

大切に育てていた熱帯魚の水槽の中とか、恋人との写真が飾られているダッシュボードとか、もっと被害者の人間性が垣間見えるような場所に隠すのが流儀だった。

それとも――より残酷な行為を突き詰めることで、模倣犯は〈絵札の騎士〉を超越したとでも主張したいのだろうか？

「ちなみに、どのカードが残されていたかわかる？」

「はい。今回は〈ハートのA〉でした」

ハートのA。毒殺による一人目の犠牲者。

写真でもわかる外傷の数々からは連想しづらい死因だ。散々痛めつけたあと、最後のとどめとして毒物を使ったということだろうか。

「司法解剖の結果が出るのはまだ先ですが、全身の傷はどれも致命傷とまでは言えないものばかりでした。決して殺さずに、長い時間をかけて痛めつけるために加減したんだと思われます。それに、現場にはこれが落ちていました」

表示された写真には、証拠品を保管するポリ袋に入った錠剤が写っていた。

「カーペットの染みからアルコール度数四〇％のウイスキーの成分が検出されたそうなので、これを酒と一緒に飲ませて殺したんだと思われます」

「錠剤の正体は？」

「解析の結果、鑑識は〈レボメプロマジン〉という薬だと断定しています」

「……なるほど、向精神薬か」

ＲＰＧゲームの呪文のような名前に困惑していると、拝島先生が面倒臭そうに解説してくれた。

「統合失調症や鬱病の患者に処方されている薬だよ。ただ、過剰摂取した場合の致死率は日本の精神科で処方される治療薬でも三番目に高いとされている。その分鎮静作用も期待できるんだろうけど……これだけ衰弱した状態で、度数の強い酒と一緒に三〇錠くらい服《の》めば、まあ軽く死ねるだろうな」

「……よく知ってますね。拝島礼一犯人説が本当なんじゃないかと思えてきましたよ」

「くだらない冗談はやめろよ、山倉。いつだったかは忘れたけど、作中で使うために調べたことがあるだけだ」

大学時代から続く殺伐としたやり取りを眺めているうちに、いくつかの違和感が湧き上がってきた。ただ、自分が何に引っかかっているのかがわからない。

思考を整えるために、まずはすぐに言語化できる疑問から投げかけてみる。

「……向精神薬なんて、普通のドラッグストアじゃ手に入りませんよね？」

「その通りです」山倉さんは慎重に頷いた。「だから警察は今、都内の精神科に通っている患者を重点的に――」

「たぶん、無駄骨に終わる」

　拝島先生は断言した。

「こういう向精神薬は、売人を介して路上やクラブなんかで大量に出回ってる。いわゆる脱法ドラッグってやつだ。まともな経路で入手したとは思い込まない方がいい」

「しかし、それじゃ手掛かりがどこにも……」

「この犯人は恐ろしく用心深い。市中で四人も殺して、未だにまともな目撃証言もなく、防犯カメラにもロクに手掛かりを晒してないことからもわかるだろ。奴は現場に物証を残すような真似はしない。……それだけに、錠剤やウイスキーの染みを現場に残してしまうミスは少し意外だけど」

「……捜査本部は、警察への挑発行為だと見ています」

「もしそうなら、なおさら薬の入手経路を追うのは不可能だな」

　冷静沈着なはずの模倣犯のミスが、違和感の正体なのだろうか。

　――いや、違う。私がざらつきを感じているのは、もっと別の何かだ。

「……どうして犯人は、聖域を用意していないんでしょう」

「はあ？　聖域ぃ？」

山倉さんは何のことかわかっていないようだが、拝島先生には問題なく伝わったようだ。

聖域。

シリアルキラーに必要となる安全基地のことを、〈絵札の騎士〉はそう呼んでいた。物語の後半で、彼は関東の山間部にある廃屋を殺人部屋に改装している。周囲に民家などないというのに、内壁や天井に隈なく防音材を貼り付けるという徹底ぶりだ。眠らせた獲物をそこに運び込んでは、彼は思う存分残虐行為を繰り返していた。

でも、この模倣犯には聖域と呼べる場所がない。

被害者の自宅、路上、廃墟とはいえ住宅街にあるラブホテルなど、誰かに発見される危険性が高い場所をあえて選んでいる。

「犯人は、いつか見つかるかもしれないというスリルを求めてるんでしょうか」

「それか、聖域を作れないだけなのかもな」

「どういうことですか、先生」

「理由はいくつか考えられる。日中の仕事が忙しくて時間を作れないとか、まだ最適な物件が見つかっていないとか、単に車の免許を持っていないとか。……まあ、こんな廃墟に被害者を運び込めた時点で、車がないって可能性は除外していいか」

警察が一向に手掛かりを摑めないほど綺麗に証拠を隠滅する手口と、あまりにもリスクの高い殺害場所という矛盾。

でも、これもさっき覚えた違和感の正体というわけではない気がする。

「もういいですか、お二人とも。俺はそろそろ現場に戻らなきゃいけないんで」

そのまま車から降ろされ、私と先生はコインパーキングに置き去りにされる。弱みを握った後輩のささやかな抵抗に不満げな拝島先生を尻目に、私はずっと思考を巡らせていた。

考えろ。私はたぶん、何か大切なことを忘れているはずだ。

──いや、ちょっと待って。

忘れている？　あの拝島先生が、どうして？

「……あっ」

唐突に思い出した。こんな些細な情報を消去せずに今まで取っておいた自分の脳細胞を、生まれて初めて褒め称えたくなる。

私はバッグから Android のスマホを取り出し、ＳＤカードに移動させている古いデータを遡っていく。去年、一昨年──いや、もっともっと前だ。

これだ。やっと見つかった！

「〈レボメプロマジン〉です、先生！」

先生の反応も待たず、私は六年前に保存された音声データを再生する。

スピーカーに耳を当て、該当する場面になるまでスキップを繰り返す。やがて、私の記憶と一致する言葉が聴こえてきた。

『……はは、随分マニアックな質問ですね。でも、毒薬の種類はちゃんと考えていましたよ。文章のリズム感を損ねてしまうので、原稿にする際は割愛しましたけど』

私が高校生の頃に参加した〈絵札の騎士〉の刊行記念シークレットイベントで、ブリキ人形のスピーカーを通して拝島先生が語った台詞《せりふ》だ。

〈絵札の騎士〉が最初の殺人で使った毒物の詳細について質問されたとき、拝島先生は澱みなくこう答えていた。

『レボメプロマジン――脱法ドラッグとしても流通している、向精神薬の一種です。酒と一緒に過剰摂取させれば、それなりの確率で死に至る。作中のこの時点で〈絵札の騎士〉が入手できる毒薬の中では、比較的足がつく可能性が低い代物だと思います。市販されている毒薬なら他にもありますが、それだと彼の好みには合わない』

音声データを停止させ、私は自分でもわかるほど得意満面な顔を向ける。

どうやら先生も、これがシークレットイベントでの一幕であることは思い出したようだ。

さっき山倉さんの質問に答えた際に、先生が薬品の名前を「いつ調べたのかは忘れた」と話していたのは、作中では結局採用しなかったからなのだ。

「まさか、アレを録音している厄介なファンがいたとは……。入り口でボディチェックをさせるべきだった」

「……この際、そんなのどうでもいいことです。重要なのは、たった十数人しか参加していないイベントで、〈絵札の騎士〉が作中で使った毒物の名前が語られていること――しかもこれは、小説本文では明言されていない情報なんです」

「なるほど。つまり、犯人はあのイベントの参加者の中にいると？」

「模倣犯のこれまでの行動からして、〈絵札の騎士〉と同じ毒物を使ったのが偶然だとは到底思えません。先生がイベントでおっしゃった通り、ただ毒殺するのが目的ならもっと入手が簡単なものを使えばいいだけですし」

「質問をした人間の顔は覚えてる？」

「ごめんなさい、そこまでは……。薄ら、男性だった気がするくらいで」

「そいつが質問している音声は？」

「……ないです。スマホの容量を気にしてたのか、先生が喋ってるところしか録音されてません」

容量云々は真っ赤な嘘だ。本当は、先生の声以外はデータに入れたくなかっただけ。

もちろん、そんなことは口が裂けても言えないけれど。

「まあいい、質問した人間が犯人とは限らないし」

先生は少しも怒っていないようだった。随分久しぶりに見る微笑が、陽射《ひざ》しの束で彩られていく。

「……とにかくお手柄だ、織乃」

あ、名前。覚えていてくれてたんだ。

私のそんな感傷なんてお構いなしに、先生は有無を言わせぬ口調で言った。

「では、イベントの参加者名簿を確認しに行こう」

5

私たちは地下鉄神保町《じんぼうちょう》駅の改札前で待ち合わせ、〈絵札の騎士〉の版元である大洋社の本社ビルへと向かった。

就職活動のとき以来だから、ここに来るのはほぼ二年振りになる。第一志望の会社を受けるプレッシャーに呑まれ、選考のわりと早い段階で落とされてしまった苦い記憶が蘇った。

まさか、志望動機の一行目に名前を出したほど敬愛している小説家と一緒に再び訪れることになるなんて、あの頃の私に話しても絶対信じてくれないだろう。

受付の女性に来意を伝えると、ゲスト用のカードキーを渡されてエレベーターに通される。文芸の編集部があるフロアに到着すると、エレベーターの前で男性社員が待ち受けていた。

「……お久しぶりです、拝島先生」

言外に様々な意味を込めて挨拶してきたのは、〈絵札の騎士〉を刊行した際の担当編集だった立川《たちかわ》さんだ。先生によると三〇歳は越えているとのことだったけれど、かなり若々しく見える。前髪が重めな、今風のマッシュカットがそうさせているのかもしれない。どこかで会ったような気がするのは、立川さんが例のシークレットイベントの受付をやっていたからなのだろう。

他社の週刊誌記者である私が自己紹介すると立川さんは一瞬だけ嫌な顔をしたが、先生の顔をチラリと見ただけで特に何も言ってこなかった。今ので、なんとなくこの二人の力関係がわかった気がする。

同じフロアの会議室に私たちを案内したあと、立川さんは苦い顔をした。

「全然連絡が取れないと思ったら、まさか先生の方からいらっしゃるとは。今までどこにいらしたんですか？」

「別に、自宅で原稿を進めてたけど」

「そんな呑気《のんき》な……。せめて声明文くらいは出してくださいってお願いしたじゃないですか」

「僕はただ自分が面白いと思う小説を書いただけだろ。連続殺人を推奨した覚えなんてないのに、どうして謝罪する必要がある」

「別に、謝罪してほしいってわけじゃないんですよ。ただ何というか、ここまで沈黙を貫いていると……あらぬ憶測が立つこともありますし」

「『拝島礼一が犯人』とかいう陰謀論の話？　あんなの気にした方が負けだ」

「ま、まあ先生のおっしゃることはごもっともなんですが……」

〈絵札の騎士〉を刊行した出版社ということで、いまや大洋社はバッシングの矢面に立たされている。社内のことはよくわからないけれど、きっと担当編集者だった立川さんも諸々の対応に追われているはずだ。

自分がどう思われているのかに無頓着な先生は、差し出されたコーヒーを平然と啜りながら言った。

「そういえば、先月渡した原稿はどうなった？」

「……その、大変面白かったです。寝食も忘れて一気読みしました」

「じゃあなぜ今まで反応がなかった？」

「も、もちろん私としては今すぐ出版したいのですが、上の方からも色々言われてまして、その、ほとぼりが冷めるまではストップしておいた方が……」

「なら別の出版社に持って行くよ。異論は？」

「もう、勘弁してくださいよ……！　わかりました、どうにか説得してみます！」

「よし、それでいい」

こんなわがままな小説家の担当編集は大変だな、などと他人事《ひとごと》のような感想を抱いたところで、私は大切なことを思い出した。

「立川さん。メールでお願いしていた参加者リスト、ご用意いただけましたか？」

「……六年も前のイベントですからね。探すのに苦労したんですよ」

Ａ４用紙一枚のリストが差し出される。

エクセルで組まれた表には、参加者一六名分の氏名・メールアドレス・住所がそれぞれ記載されていた。当然、その中には私の情報も含まれている。

それに気付いたのか、立川さんはさっき私が渡した名刺とリストを何度も見比べていた。恥ずかしさを誤魔化すために咳払《せきばら》いしつつ、持参したクリアファイルの中にリストを入れる。

「……あの、織乃さん。わかっていらっしゃるとは思いますが、このリストは絶対に公開しないでくださいよ。ほら、個人情報の件とか色々ありますし」

「もちろんです。私たちは何も受け取っていません」

「はい、それでお願いします」

我ながら、汚い人間になったものだなと思う。

内心で自嘲していると、立川さんは私の目を正面から見つめて言った。

「……念のため言っておきますけど、拝島先生からの依頼でなければこんな危ない橋は渡りませんからね」

「わかってます」なんとなく、この人には通じ合うものを感じた。「立川さんも、拝島先生の熱心な読者だったんですか？」

「ええ、まあ……」

立川さんは観念したように語り始める。

「実は私、母子家庭で……あまり裕福な方ではなかったんですよね。大学の学費は自分で稼がなきゃいけなかったので、一年間浪人しながらいくつもバイトを掛け持ちしていました。かといって、強烈な目的意識があったわけでもないんですけどね。心の中は空っぽなままで、身体だけ無駄に動かし続けてるみたいな日々でした」

「そうだったんですか」

「そんな時期に、一歳上の大学生が文学新人賞を受賞するニュースを目にしました。それが拝島先生です。数か月後にデビュー作を読んで腰を抜かしましたよ。世の中にはとんでもない才能がいるんだって、なんだか途方もない気持ちになりました。

……それからですよ、私が文芸の編集者になりたいと思い始めたのは。拝島先生のような才能を発掘して、読者の人生を変えてしまう小説を作りたい——いつの間にか、それが私の生きる理由になりました」

立川さんの瞳に、一筋の光が灯った。

彼は今、私に何かを託そうとしている。

「だから本当は、私ももっと力になりたいんです。凶悪な犯罪者のせいで拝島先生の名誉が汚されている状況は、一編集者として——いや、一人の読者として到底受け入れられません。何も知らないくせに、正義を気取って誹謗中傷を繰り返している連中のこともそうです。本当は、一人ずつ探し出して殴りつけたいくらいなんだ……！」

言葉が熱量を帯びていく。

初対面の人間に晒すにはあまりに切実な感情が、怒りが、会議室の空気を掻き回していく。

私はそれを、過剰な反応だとは少しも思わなかった。

だってこの人も、拝島先生の作品を心から愛しているのだ。

考えてみれば当然の話だ。拝島先生がデビューした版元ではない大洋社から作品を出版しているのは、他でもない立川さんが声をかけたからなのだ。

「でも、今うちの編集者が拝島先生のために動くことは難しい。どんな言動も、火に油を注ぐ以上の結果は生み出さないでしょう。……だから織乃さん、私の代わりに、先生のサポートをよろしくお願いいたします」

「は、はい！　こちらこそ、ご協力ありがとうございます」

初対面の雑誌記者に頭を下げる彼の姿は、全ての名もなき読者たちの叫びを体現しているようにも見えた。

絶対に、犯人を捕まえなければならない。

一刻も早く、この不条理を終わらせなければならない。

編集者に託された手掛かりをバッグに仕舞いながら、私は決意を新たにした。

翌日の午前、私は取材に行くと嘘を吐いて会社を出た。

都内某所の、初めて聞く名前の地下鉄駅に向かう。電話で一方的に待ち合わせ場所と時間を伝えられていただけなので、ここに何があるのかなんて全くわからない。

いつものように、拝島先生は改札前の柱に寄りかかって文庫本を読んでいた。慌てて腕時計を見る。約束の一五分前――これなら文句を言われる筋合いはない。

「おはようございます、先生」

「ああ」

たった二文字で挨拶を済ませると、先生はいきなり本題に入った。

「昨日貰ったリストを山倉に送って、イベント参加者の素性を調べさせたよ。ついさっき送ったメールに、現在の住所や勤務先の一覧を添付してある」

「えっ、もう？　ちょっと早すぎないですか？」

「ああ見えて、あいつは警察関係者ばかりの一族出身でね。情報収集能力に限るけど、まあ優秀の部類には入る」

私を除外したとしても、参加者リストにあった人物は一五人だ。

名前と六年前の住所だけの情報で、しかもたった一日で全員の素性を洗い出す難易度は想像すらできない。

　連続殺人鬼の正体に少しずつ近付いている事実に、私は生唾を呑み込んだ。

　どうやら、まだ歓喜よりも恐怖の方が勝っているらしい。もちろん、本当にイベント参加者の中に犯人がいるとすればの話だけど。

　拝島先生が送ってくれていたメールを開く。

　添付されていたテキストファイルには、六年前に私と同じ空間を共有していた人たちの簡単なプロフィールが箇条書きで記載されていた。一〇代から五〇代までの幅広い年齢層もそうだが、何人かは顔写真まで用意されていて驚いた。実名でやっているSNSアカウントなどから取ってきたものなのだろうか。

「あれ？　一人だけ、情報が全然載ってませんよ」

　職業や現在の住所はおろか、参加者名簿にあったはずの『佐々木聖也《ささきせいや》』という名前にまで（詳細不明）という注釈が添えられている。

「山倉の調査が確かなら、その人物が参加者名簿に記載した情報は全くのデタラメ。佐々木って名前ももちろん偽名だよ。住所に至っては、この地球上に存在しないものだったらしい」

「それって……」

「何らかの理由で個人情報を隠す必要があったってこと。こいつが犯人だと断定することはまだできないけど……追いかけてみる価値はある」

「でも、素性が何一つわからない人間をどうやって……？」

「『佐々木聖也』は確かに偽名だろうけど、実は心当たりがある。同じ名前の人物が、ファンレターを送ってきたことがあるんだ」


駅から五分ほど歩いたところに、目的のトランクルームがあった。

アスファルトで舗装された区画に、オレンジで塗装されたコンテナがいくつか積み上げられている。

「一〇年以上も作家をやってると、ファンからの手紙や贈り物が結構な量になってきてね。単純にかさばるのもそうだけど、送り主の怨念が籠もっている気がして、家とは別の場所に保管することにしたんだ」

先生は当然のように語ったが、普通のミステリ作家はトランクルームが必要になる量の贈り物なんて貰わないと思う。漫画やライトノベルなどとは違って、文芸書の巻末にはファンレターの宛先など書かれていないからだ。

いや、それよりも驚くべきことがあった。

「ファンからの贈り物、ちゃんと捨てずに取ってたんですね。意外です」

「きみは何というか、僕を冷血な人間だと勘違いしてるだろ」

「い、いえ、そんなことないですよ！」

「わざとらしく動揺するな」

いつからそんなに生意気になったんだとぼやきながら、先生はすたすたと歩き出した。契約していたのは敷地の最奥にあるコンテナ。クラッチバッグから取り出した鍵で、南京錠《なんきんじょう》を取り外していく。

先生が電気を点《つ》けると、コンテナの内部が露《あら》わになった。

外観から想像した数倍は広く感じる。たぶん、収納されている荷物の数が少ないからだろう。内部にあるのは、段ボール箱が六つ収納されているアルミ棚と、無造作に置かれたアウトドア用の椅子だけ。スペースの無駄遣いも甚だしいけれど、先生の年収ならトランクルームの月額使用料なんて痛《いた》くも痒《かゆ》くもないはずだ。

「ファンレターの類を入れてるのはそこの四つの箱。たぶん『佐々木聖也』からの手紙もあると思うよ。残念ながら、届いた年ごとに整理なんてしていないけど」

「これは大変そうですね……どう手分けしましょうか」

「適材適所って言葉は知ってる？　ちなみに、僕はそういう地道な作業は苦手だ」

「えっ、酷い……！」

先生はアウトドア用の椅子に座ってノートPCを開くと、一瞬で深い集中状態に入ってしまった。たぶん新作の執筆をしているのだ。敬虔《けいけん》な読者としては、これで異を唱えることができなくなってしまった。

説得を諦めて、箱の中身を一つずつ検分し始める。一度ファンレターを全て取り出して、差出人の氏名と住所を確認。後から参照できるように、持参したノートPCでエクセルに情報を入力していく。ここまででだいたい三〇秒だ。目分量で大雑把に見積もると、一箱あたり一時間はかかるかもしれない。ほとんど途切れることなく続く先生のタイピング音を背景に、無心で作業を続ける。

地道な作業だが、不思議と苦痛は感じなかった。すぐ隣で、憧れの小説家が作品を執筆しているのが大きい。こうしている間にも心を震わせる物語が紡がれていると思うと、鼻歌でも歌いたい気分になってくるのだ。

三つ目の箱をひっくり返し、二五九通目を手に取ったとき、ようやく私は『佐々木聖也』と書かれた封筒と出会うことができた。住所の欄には、イベントの名簿とはまるで違う地名が記載されていた。

先生に報告する前に、封筒から取り出した便箋に目を通す。

拝島先生は、私の命の恩人です。

見ず知らずの人間にこんなことを言われても気持ち悪いでしょうが、これは誇張ではなく本当のことなんです。生きる理由を見失っていた私に、先生の作品が光を示してくれました。

少しだけ、身の上話をさせてください。

私の父親は、常に『正しさ』の側にいる人でした。私が幼い頃から家庭での道徳教育が徹底されていたので、悪戯や粗相なんて絶対に許されません。人格形成に悪影響を及ぼす漫画やゲームはご法度。絵本やおもちゃが欲しいときでさえ、必ずそれを購入すべき論理的な理由を父親に説明しなければなりませんでした。

でもそれは、私が正しい人間に育つために必要なことだったのです。父親が言っていることはどこまでも正しい。私が何か悪いことをして罰を受けている間も、母親が一切口を挟まなかったのがその証拠です。

しかし、世間は理不尽にも父親の『正しさ』を否定しました。

きっかけとなった交通事故が起きたのは、私立中学の受験を目前に控えていた時期のことです。

人殺しだの、高校生二人の未来を奪った悪魔だの、名前も知らない連中が父親のことを好き勝手に罵りました。

何も知らないくせに。父親は私を塾まで送る途中だったので急いでいたのは当然だし、死角から突然現れた二人を避《よ》けることなんて不可能だったし、そもそも未成年のくせに缶チューハイを飲みながら歩いていた彼らの方に非があるのに、どうして父親が攻撃されなければならなかったのでしょう。彼らが無責任に振りかざす『正しさ』に、果たして正当性はあるのでしょうか?

結局、精神を病んだ父親は自ら命を絶ち、『人殺しの家族』となった私と母親だけが遺《のこ》されました。

そこから先の日々は苦痛に満ちていました。

嘲笑。迫害。孤独。憎悪。絶望。空虚。詳細を手紙に書くのは憚《はばか》られますが、とにかく私は一夜にしてあらゆるものを失い、代わりにあらゆるものを背負いました。人間関係は崩壊し、かつて友人だった者たちは敵へと反転しました。黒々とした負の感情に圧《お》し潰《つぶ》されるだけの毎日に、喜びなど一つもありません。ただの一つもです。もはや、自死以外に希望を見出すことさえできませんでした。

拝島先生の作品に出会わなければ、自分と同じ境遇の〈絵札の騎士〉に勇気づけられなければ、今頃自分がどうなっていたかもわかりません。だから、先生には感謝してもしきれないんです。

乱文失礼いたしました。今度のシークレットイベント、楽しみにしております。

佐々木聖也

自らの半生を赤裸々に綴った手紙は、ただのファンレターと呼ぶには切実すぎる内容だった。

これはまるで――祈りだ。己の運命を呪う信徒が、聖なる御子《みこ》に真実を告白し、魂の救済を乞うているかのような。

以前拝島先生は、『どうして模倣犯が〈絵札の騎士〉に共感したのか』が、犯人像を読み解く鍵になると話していた。

もし『佐々木聖也』が模倣犯の正体なら――これで全てが繫がる気がした。

「殺人者を親に持つ人間――〈絵札の騎士〉と同じ境遇ですね」

実の父親に虐待され、挙句の果てに母親を殺されてしまった〈絵札の騎士〉は、殺人者の息子として人々の悪意に晒された。その結果生み出されたのが、『父親が母親を殺したのは正しかった』『世界の正しさを歪める人間は殺さなければならない』という倒錯した論理だ。

模倣犯が作者である拝島先生の名誉を傷つけてまで連続殺人を続けているのは、他でもない〈絵札の騎士〉に強い憧れと共感を抱いているからだったのだ。

「模倣犯が聖域——安全な隠れ家を持とうとしない理由にも、一応の説明がついたかもしれませんね。彼はきっと、事故のトラウマで車に乗れないんです」

「第四の被害者の三浦は廃墟で殺されてるけど？　車なしじゃ難しくない？」

「それは、その……」

一気に犯人のパーソナリティに近付けると思っていたが、まだ情報が充分ではないようだ。それでも、乏しい情報から推測するしかなかった頃よりは解像度が増してきた気がする。

「『佐々木』も『聖也』も、僕の作品に出てくる名前だね。山倉の調査にも引っかからなかったし、偽名なのは間違いない。でも、住所の方はどうだろう」

「……確かに。参加者名簿に書かれていたデタラメの住所とは違いますね」

グーグルマップで検索すると、封筒の裏に書かれていた神奈川県の住所は確かに実在していた。地図上の書き込みが著しく少ない田舎町だが、一軒家らしき建物にピンが立っている。

　拝島先生は私のスマホ画面を一瞥したあと、自らの腕時計に目をやった。

「……午後一時か。今から向かっても問題はなさそうかな」

「この住所は本物なんですかね？」

「もし違ったら、また別の方法を考えればいいだけだ」

　先生は僅かに口の端を歪めつつ、ノートＰＣを鞄に仕舞った。その瞳には歓喜にも似た色が浮かんでいる。

　こうなったときの先生は絶対に止まらない。

　ミステリ作家としての好奇心が、彼に桁違いの推進力を与えているのだ。

　私が急いで手紙の山を段ボールに戻している間、その後ろで先生は誰かと通話していた。時折聴こえる単語や喋り方の雰囲気からして、電話の相手は刑事の山倉さんだ。手紙から仕入れた情報を元に、色々と調べさせるつもりなのだろう。警視庁捜査一課の刑事を助手のようにこき使う拝島先生は、相変わらず常軌を逸している。

「やっと楽しくなってきた」スマホを鞄に戻しながら、先生は笑った。「さて、不愉快な模倣犯の正体を暴きに行こうか」

第四章「謀策」

1

地図アプリがピンを刺した場所には、荒れ果てた平屋が佇《たたず》んでいた。窓ガラスはほとんど割れ、心なしか家自体が少し傾いているようにも見える。

最低でも四半世紀は廃墟だったような物件だ。やはりこの住所もデタラメなのだろうか。当日予約可能なレンタカー屋を血眼になって探し、三時間近くかけて辿り着いた結果がこれだなんて……あまりにもあんまりだ。

——いや、諦めるのはまだ早い。

「先生、近隣の方に話を聞いてみましょう」

「当たり前だろ。そのためにきみに同行してもらってる」

「ああ、やっぱり手分けするって発想はないんですね……」

近隣住宅のチャイムをひたすら鳴らし続け、最初の一人が玄関先に出てきてくれたときには二〇分近く経っていた。訪問販売業者がよく来る地域なのか、明らかに自宅にいるのに居留守を使ってきたり、インターフォンに向かって記者だと名乗る前に「結構です」と通話を切る人が多かったのだ。もちろん、少し離れた位置に立っているだけの拝島先生からのフォローは期待できない。

ようやく現れた救世主は、二年前に会社を定年退職し、奥さんと一緒に悠々自適な生活を送っているという香田《こうだ》さんだ。身の上話に長々と付き合ってあげた甲斐もあって、彼はようやくこちらの質問に答えてくれた。

「ああ……覚えてるよ、あの家ね」

「ご存じなんですか？」

「まあ、二軒くらいしか離れてないからね。そんなに交流があったわけでもないし、正直名前も知らないけど――中高生くらいの子供も住んでた気がする」

「どんなご家庭でした？」

香田さんは視線をキョロキョロと動かしたあと、声を潜めて語り出した。

「母親と息子の二人で引っ越してきたのは、確か一五、六年くらい前かな。引っ越しの挨拶がなかったどころか、家の前ですれ違っても頭すら下げないような親子だったよ。町内会の連中は『非常識な親子だ』って陰口を叩いていたけど……私からすれば、ありゃ相当な訳アリだったと思うね」

「訳アリ、ですか」

「ちょうど、二人が引っ越してきたところを家内が見ていたんだが……、引っ越し業者のトラックもなく、びっくりするほど少ない荷物をタクシーに乗せてやってきたそうだよ。間違いなく夜逃げの類だね」

その断定的な物言いの裏に根拠はないとは思うけれど、香田さんの推測はきっと間違っていないはずだ。

父親が高校生二人を轢《ひ》き殺《ころ》し、一夜にして殺人者の身内になってしまった母子《おやこ》。父親が自殺しただけでは正義中毒者たちの溜飲《りゅういん》が下がるはずもなく、二人は生活もままならないほどに酷いバッシングに曝されたはずだ。自分たちを誰も知らない遠い土地で、ひっそりと人生をやり直そうと考えても不思議じゃない。

父親が事故を起こしたのは『私立中学の受験を控えていた時期』で、引っ越してきたのが一五、六年前となると——模倣犯は現在三〇歳前後なのだろうか。

「息子さんはどんな人だったかわかりますか？」

「母親以上に警戒心が強くてね。誰とも話さないばかりか、まともに目を合わせようともしなかった。前髪が異様に長かったから、どんな顔をしてたかもあんまり覚えてないよ。だいたい、一年も経たずに突然消えてしまったからなあ」

もしかすると、近隣住民の誰かに父親のことを知られてしまったのかもしれない。それか、母親が別の土地で働くアテを見つけたとか。

どちらにせよ、母子が居場所を転々としていたのは確かだ。

「ちなみに、その息子が通っていた学校はわかりますか？　諸々の時系列からして、恐らく中学生だったと思うのですが」

山倉という偽名で自己紹介をしてからは沈黙を貫いていた先生が、いきなり私の背中越しに質問を投げかける。香田さんは苦笑とともに即答した。

「知ってるも何も、この辺に中学校なんて一つしかないよ」


「週刊誌の記者さんでしたっけ？　困りますよ、こんな突然……。頼みますから、生徒には迷惑かけないでくださいね」

来客用の玄関で出迎えてくれた教頭の近藤《こんどう》さんは、明らかに迷惑そうな顔だ。

それも当然だと思う。雑誌記者を名乗る人間がいきなり電話をかけてきて、『御校の卒業生に連続殺人鬼がいるかもしれない』と説明し始めたのだから。

もちろん、暴力的なアポの取り方は拝島先生の指示だ。厄介ごとに巻き込まれたくはないが、ひとまず情報は全て把握しておきたいという学校関係者の心理を突くためだという。

効果は覿面《てきめん》で、私たちはすんなりと応接室まで辿り着くことができた。

事務員と思しき女性に指示を出したあと、教頭の近藤さんは熱いお茶を一口啜った。

「〈絵札の騎士〉の件は当校でも大きな問題になっています。図書室に単行本が置かれていたのをＰＴＡが問題視しましてね」

「……図書室から撤去したということでしょうか？」

「当然ですよ。市の教育委員会からもお達しがありましたし」

教頭の立場を充分理解しつつも、正直複雑な気持ちになった。

暴力的で残酷な表現が、思春期の少年少女に与える影響は本当に悪いものだけなのだろうか。

私がそうだったように、恐ろしい描写を通して他人の痛みを知ったり、悲惨な末路を迎えた登場人物を反面教師にして、真っ当に生きようと決意する可能性もあるかもしれないのに。完璧に漂白された表現だけを摂取した子供が、そうでない子供よりも健康的で優しい大人に成長するという根拠があるわけでもないだろうに。

「私も元々は国語を教えていましたから、創作物の無闇な規制には反対なんですよ。

生徒には、清濁を併せ呑んだ上で正しい道を見つけてほしいとも思っています」

意外な発言だった。

私は、『事なかれ主義で自己保身的な教頭先生』というステレオタイプな見方をしてしまっていたことを内心で恥じる。

「ただ、実際にこうして凶悪事件が起きてしまったとなると話は別です。人は創作物そのものよりも、創作物の影響を受けた犯罪者の方に強く影響を受けてしまいますから。社会や自分の境遇に不満を抱いている人間があいう模倣犯を見ると、『ああそうか、そんなやり方があったんだ』と閃《ひらめ》いてしまうわけですね。大義名分を得てしまうと言い換えてもいい。

そうなると、順番こそ逆ですが――創作物は、結果的にその犯罪者にとっての聖典《バイブル》になってしまうんです。先日も、模倣犯に触発された通り魔が逮捕されましたし」

「……なるほど、確かに」

ボイスレコーダーは作動させているが、私はメモ帳にもペンを走らせた。

客観性を失ってしまっては記者失格だ。こういう中立的な意見もしっかり記載しなければ、フェアな記事にはならない。

今の発言を受けて、拝島先生は何を感じているのだろうか。

横顔をチラチラと見て感情を読み取ろうとしているうちに、教頭の指示を受けた事務員さんが戻ってきた。

「……申し訳ありません。佐々木聖也さんという人物は、卒業生名簿にはいませんでした」

佐々木聖也が偽名なのは最初から承知している。

「でも、先程伝えた住所には御校の生徒が……」

「いえ、住所でも検索をかけてみましたが見つかりませんでした」

「本当ですか」

香田さんの証言からして、あの家に中高生くらいの息子がいたことは間違いない。中学受験の前に起きた事故がきっかけでこの町に逃げてきたはずだが、それは模倣犯が高校生になってからのことだったのだろうか？

いつものごとく静観していた拝島先生が、私にだけ聴こえる声で囁いた。

「そもそも学校に通っていなかった可能性もある」

「そんな……。だって義務教育ですよ？」

「現代日本にも、家庭の都合で学校に通えない子供はいくらでもいるよ」

「それは、そうかもしれないですけど」

会話が薄らと聴こえたのか、教頭の近藤さんが助け舟を出してくれた。

「お話では、佐々木さんという方は今三〇歳前後ということでしたが」

「はい。正確な年齢まではまだ把握してませんが……」

「ちょうど、同世代の卒業生が教師として赴任しているんですよ。一学年に一クラスしかない学校ですし、彼なら何か知ってるかもしれない」


「あー、もしかしてあいつのことかな」

応接室に呼び出された体育教師の高井《たかい》さんは、いかにも面倒臭そうに答えた。

女性記者を値踏みするような視線に少しイラっとしたが、こちらは多忙な中取材に協力してもらっている立場だ。できるだけ低姿勢を維持しつつ問い掛ける。

「どちらでお知り合いになられたんですか？」

「知り合いってわけじゃないんだけど」眉間が不快そうに歪む。「ほら、学校の近所に小さな公園があるでしょ。そこによく出没してたんですよ」

クマやシカにでも使うような表現だ。佐々木聖也が、同年代の子供たちにとってどういう存在だったのかが少しわかってしまった。

「今思うと、あいつも不幸な身の上だったんだろうとは思いますよ。でも、中学生くらいの男子ってのは残酷でしょ。学校にも行かず一日中公園でボーっとしてる正体不明の人間を、珍獣みたいにからかってたんです。こっそり携帯で写真を撮ったり、じゃんけんで負けたやつが度胸試しみたいなノリで話しかけたりね」

今はもう反省してますけど、と高井さんはついでのように付け足した。まるで楽しかった日々を懐かしむような口調に、少しだけ胸の奥が痛くなる。

目の前で父親が殺人者となり、母親と二人で見知らぬ土地へ逃げてきた少年。彼がわざわざ学校近くの公園にいたのは、何不自由なく中学校に通うことができている同世代の生徒たちへの羨望からだったのではないだろうか。

そんな背景も知らず、生徒たちは彼に悪質な嫌がらせをしていたのだ。

目の前の体育教師に言いたいことは山ほどあるが、今は抑えるべきだ。ひとまず実務的な質問を済ませないと。

「ちなみに、当時撮った写真はまだ持っていますか？」

「もう一五年も前だからなあ……。あと、写真撮ったのが誰だったのかも忘れました」

「では、彼がどんな容姿をしていたかは覚えていますか？」

「まあ、不気味なやつでしたよ。前髪が異様に長くて、話しかけても心ここにあらずみたいなね。身体もガリガリだったし、人生で一度も日光浴びたことないのかってくらい色も白かった気がします」

香田さんが話してくれた特徴とほぼ同じだ。

前髪が長いのは単に髪を切りに行くお金がなかったからなのだろうけれど、そのせいで顔立ちに関する情報がほとんど入手できないのは痛い。一五年経った今、どんな姿になっているのかは想像すらできなかった。

それ以上の情報は得られず、私たちは大人しく学校を後にした。

拝島先生はレンタカーに乗り込んでからしばらく電話をしていたが、大通りに出る頃には用件が終わったらしい。

先生がスマホをクラッチバッグに戻すのを見計らって、声をかける。

「今の、もしかして山倉刑事ですか？」

「ああ。調べさせていた件で返答があったんだ」

トランクルームで電話をかけていたのはたった四時間前だ。恐ろしく仕事が早いけれど、そのせいで便利グッズ扱いされているのは皮肉な話だと思う。

「何を調べてもらってたんですか？」

「……結論から言うと、あの家の住人は三〇年前に死んでいた」

「え？　で、でも実際に証言者が二人もいたじゃないですか。一五年前に引っ越してきたって」

「ああいう田舎の廃屋は、犯罪組織のシノギに利用されることが稀にあるんだ。違法な手段で故人名義の物件を入手した業者が、訳ありの人間に高値で貸し出したりね。もちろんまともな賃貸契約なんてないだろうし、役所に転入届を出してるわけがないから、個人情報を辿るのは無理」

「えっ、それじゃ……」

　朝から一日中動き回ったのに——手に入れた情報はたった三つ、ということになる。
　一、佐々木聖也という偽名を使っていた少年が、一五年前に住んでいた住所。
　二、その少年が中学校に通っていなかったこと。
　三、少年は一年足らずでこの土地を離れ、それ以降の消息は誰も知らないこと。
「……結局、何もわかってないのと同じじゃないですか！」

「ちょっと、急に大声を出すなよ」

　助手席の拝島先生は平然と欠伸を嚙み殺している。

「どうしてそんなに落ち着いていられるんですか」

「逆に、きみが焦っている理由がよくわからない」

「……私たちはまだ、犯人の本名すら入手できてないんですよ。このままじゃ一向に正体なんて暴けません」

「犯人と思しき男が、一五年前に引っ越してきたことがわかっただけでも充分だろ」

「でも、ファンレターが送られてきた六年前は、もう別の土地へ逃げた後ですよ。どうやって足取りを追えば……」

「問題ないよ」

先生は座席のリクライニングを倒し始めた。完全に就寝モードだ。

「そいつが母親とともにこの土地へ逃げてきたのは、父親が過失運転致死傷罪で逮捕されたことによる誹謗中傷が原因。普通に考えたら、交通事故が起きたのはその一、二年前くらいに限定されるだろ？　そこまでわかれば、日本の警察は候補者をかなり絞り込める」

「え、そうなんですか？」

「一五年前の、歩行者が死亡した交通事故は全国で二〇〇〇件ほど。範囲を三年間に広げたとしても六〇〇〇件前後だ。そこからさらに『高校生二人が死亡』『加害者が妻子持ち』『事故当時、息子を塾に連れて行く途中だった』という条件で絞り込んでいけば、該当する人物はかなり絞り込める」

「そんな細かい条件で検索できるものなんですか？」

「まあ、日本の警察は世界的に見てもかなり優秀だから。裁判記録を漁るなり、自治体に情報を提供させるなりしてすぐに特定できるよ」

「時間の問題、ってことですか」

「順調に行けばそうなるね」

そう呟いて瞑目《めいもく》した拝島先生は、なぜか落胆しているようにも見えた。

もしかしたら先生は、模倣犯の詰めの甘さに失望しているのかもしれない。

模倣犯は、第四の事件の現場に向精神薬であるレボメプロマジンの錠剤を落としていった。しかもそれは六年前のシークレットイベントで拝島先生が語った、〈絵札の騎士〉の最初の殺人で使用された薬物だ。

もちろん、十数人の参加者の中に自分がいることまでは、模倣犯が拝島先生へのメッセージとしてあえて残した情報かもしれない。

でも、『佐々木聖也』の住所が記されたファンレターについてはどうだろう。

父親が犯した事件の情報や、以前の住所まで記載してしまったせいで、私たちはついに犯人を絞り込むことができてしまった。まさか犯人は、過去の自分がファンレターでヒントを打ち明けていたことを忘れたのだろうか？

少なくとも、原作の〈絵札の騎士〉なら絶対にしないミスだ。

「先生、これは喜ぶべきことだと思いますよ。模倣犯がやっと捕まるんですから」

「……きみの言う通りだよ。僕も素直に喜ぶとするか」

少しも嬉しくなさそうに呟いたあと、先生は完全に目を閉じてしまった。

2

先生の読み通り、警察はたった数日で容疑者を一人に絞り込んだ。

山倉刑事から送られてきたメールによると、条件に該当した男の名前は荒木《あらき》将大《まさひろ》──今年三〇歳で、現在は無職。唯一の親族だった母親は二年前に鬼籍に入っており、配偶者はいない。東京都江東区の安アパートに住んでいるとのことだった。

そこまでわかっていても、警察はしばらく逮捕に踏み切ることができないだろう、というのが拝島先生の見解だった。

彼にはまだ、「拝島先生にファンレターを送っていた」「〈絵札の騎士〉刊行記念のシークレットイベントに参加した」という以外の情報がないのだ。決定的な犯罪の証拠を摑まない限り、裁判所が令状を発行することはない。

——そこまでは、私もわかっている。

でも……だからといって、こんな強行策はあまりにも無謀だ。

「先生、考え直してください！」

私の制止なんて耳に入っていないのか、先生は住宅街をどんどん突き進んでいく。

「容疑者の自宅に乗り込むなんて危険です！　もし返り討ちにあったら……！」

「山倉から情報共有があったのは二時間前。もたもたしていると、刑事が周辺で張り込みを始めてしまう」

「それの何が駄目なんですか！」

「僕が荒木と話すチャンスがなくなってしまうだろ」

私は、読書会のあとに向かった居酒屋で拝島先生が語ったことを思い出した。

先生が独自に調査をしているのは、犯人が〈絵札の騎士〉の解釈を歪めていることに抗議するためだった。警察よりも先に犯人を特定し、その思想を白日の下に晒し、犯人のセンスがいかに終わっているのかを糾弾したいのだと。

しかも、模倣犯はあろうことか〈絵札の騎士〉を超えようとしているのだ。原作者、として、警察よりも先に容疑者と接触したいと考えるのは理解できなくもない。

問題は、それが倫理的に許される行為ではないということだ。

「いいですか、先生はあくまで小説家なんです。いくら荒木が犯人だったとしても、彼を逮捕する権限はありません」

「そんなこと知ってる」

「それどころか、荒木を逃がしてしまう可能性だってあるんですよ。そうなれば全てが水の泡です。今は彼を刺激するようなことは避けた方が……」

「大丈夫、そんな展開にはならない」

「ちょっと、いったい何の根拠があって……」

私の不安とは裏腹に、拝島先生の足取りは自信に満ち溢れている。

とてもそんな風には見えないけれど、もしもの場合に備えて格闘技でも修めているのだろうか。ちょうど、世界一有名な英国の某探偵のように。

しばらく歩いているうちに目的地が見えてきた。第二の事件が起きた現場よりも、さらに二〇年は築年数が古そうな木造アパートだ。

「先生、思い止まるなら今ですよ。引き返しましょう」

「しつこい」

先生は露骨に不機嫌な顔をしていた。

「きみが感じている不安は、ここにいるのが模倣犯だった場合の話だろ？」

「……え」聞き捨てならない発言だ。「どういう意味ですか」

「やつを見くびりすぎだ。こんな短期間に証拠を残さず四人も殺せる人間が、ファンレターから身元を辿られるようなミスを犯すと思う？」

「模倣犯は荒木じゃない、と？」

「いや、模倣犯は荒木将大だよ」

「……先生、もしかしてお酒飲んでます？　それかめちゃくちゃ体調悪いとか」

「疑いの目を向けるな。僕は正気だ」

——いったいこの人は、何を考えているのだろう。

無茶苦茶な人だとは知っていたけれど、今日はいつにも増して言動が意味不明だ。

詳しくは本人に会えばわかると言い捨てて、先生はアパートの階段を上り始めてしまった。今にも腐り落ちてしまいそうなほど錆《さ》びついた金属の踏み板が、規則的なリズムで軋《きし》んでいく。

「……待て」

階段の途中で、先生が突然立ち止まる。その理由はすぐにわかった。

──階段の手すりに、乾いた血痕がいくつか付着しているのだ。

「血で汚れた手で手すりを摑んだのか？　なぜそんなことを？」

犯人と思しき男が住むアパートの手すりに、血痕。どう考えても迂闊だ。ラブホテルに落ちていた錠剤といい、決定的な証拠を一切残さない模倣犯にしては初歩的なミスが多すぎる──。

それとも警察の見解通り、これらは模倣犯による挑発行為なのだろうか？

「駄目です、先生！　引き返しましょう！」

私の制止も聞かず、先生は階段を上りきって部屋の前に立った。

ボロボロになった呼び鈴がちゃんと機能するか不安だったのか、塗装が剝げた木製のドアをノックする。中から返事がないのでもう一回。しばらく待っても何も起きないので、さらに数回続けて扉を叩く。

「……鍵はかかってないみたいだな」

まるで躊躇せず、先生はドアノブを捻《ひね》り始《はじ》めてしまった。明らかな犯罪行為。たまらず抗議すると、ようやく日本の法律を思い出したのか、先生はすぐに扉を閉めてくれた。

「よかった、思い止まってくれて……。危うく不法侵入になるところでしたよ」

「……今すぐ警察に連絡。一一〇番じゃなくて、山倉の携帯に」

「はあ？　何言って……ちょっと⁉」

私の返事も待たず、先生は再び扉を開けて中に入ってしまった。

思考回路がショートしているせいで、私も条件反射のように後を追ってしまう。

――その選択が間違いだったと知るのに、そう時間はかからなかった。

「……嘘」

六畳ほどのワンルームには、濃密な地獄が広がっていた。

噎《む》せ返《かえ》るような鉄の臭い。畳や壁に飛び散った血痕。元が白だったことが信じられないほど赤黒く染め上げられた布団の上には、手足を縛られた二人分の死体が転がっていた。

全身を滅多刺しにされた――たぶん、それが死因だと思う。ただ、創作などに登場する刺殺体とは明らかに趣が異なっている。

腹部や胸部よりもむしろ、頭部の損傷の方が激しかったのだ。

顔面は原形を留《とど》めないほどぐちゃぐちゃに切り刻まれ、目や鼻といった部位が元々どこにあったのかさえ判別できない状態。歯や頭蓋骨は粉々に砕かれ、毛髪は頭皮ごと剝ぎ取られている。

もはや本当に人間だったのかもわからなくなりそうなほど——首から上が入念に損壊されているのだ。

殺されているのは男女の二人組——だと思う。ただ、生前の面影が完全に消されている以上、体型から辛うじて判別することしかできない。

男性と思しき遺体の、ほとんどすり鉢状に陥没してしまった顔の中には、〈スペードの2〉のカードが差し込まれていた。

鑑識作業が終わったあとの現場や、刑事が撮った写真を見るのとはわけが違う。初めて見る本物の死体は、私の脳髄を激しく揺さぶっていく。

「……ひど、すぎる」

どれだけの憎しみがあれば、こんなことができるのだろう。

人間が人間に、こんなに恐ろしいことを？

「落ち着け。目を閉じて、ゆっくり呼吸するんだ」

先生に抱き留められて初めて、私は自分が絶叫していることに気付いた。

全身から力が抜け、血に汚れた床に膝から崩れ落ちてしまう。過呼吸になっているのが自分でもわかるのに、どうすることもできない。

先生は私の口と鼻を手で塞いだ。体内に入ってくる酸素が制限され、私は強制的に落ち着きを取り戻していく。

それでも、目の前の地獄が消えてくれるわけではなかった。

殺された。

荒木将大が、やっと辿り着いたと思った容疑者が――拝島先生の尊厳を傷つけていた厄介な模倣犯が、何者かによって惨殺されていた。

――いや、違う。荒木は真犯人ではなかったのだ。

恐ろしい模倣犯は別にいて、撒き餌につられてやってきた間抜けな探偵気取りたちを今もどこかで嘲笑《あざわら》っているのだ。

「こっ、こここれっ、これじゃ全部振り出しにっ……！」

「いいから、今は喋るな」

「は、犯人がまだ、近くにいるかもっ！」

「いや、それはないな。階段の手すりもそうだったけど――血液がかなり乾いているだろ。殺されてから何時間も経った証拠だ」

こんな状況なのに、先生は死体の傍にしゃがみこんで冷静に分析していた。その落ち着きぶりは、まるでこうなることを最初から覚悟していたかのようだ。

よせばいいのに、私の目は再び二つの死体を追いかけてしまう。

第四の犠牲者——三浦鉄也と同じだ。男性の方の死体には、夥しい数の拷問の痕があった。三浦と同じように、彼も眼球や両手両足の指を潰されている。

このまま黙っているとおかしくなりそうなので、私は強引に疑問点を絞り出した。

「……先生、女性の方は拷問されてません、よね？　死体の損傷も比較的少ないです」

「ああ、そうみたいだな」

「どうして、でしょうか。その、模倣犯は同性愛者で、男性を殺すときの方が興奮するとか？　いや、でも二番目の事件では女子大生が」

「その疑問に対する答えはもうあるけど……」

拝島先生はゆっくりと立ち上がった。

「ひとまず、この部屋から出ようか」

刑事の山倉さんに連絡したあと、私たちは荒木が殺された部屋の前で待機していた。膝を抱えて座り込んでいるうちに、いくらか気持ちが落ち着いてきた。共用廊下の柵に背中を預ける先生ほど冷静ではないけれど。

「……なんだか、先生はこの状況にも全く驚いていないように見えます」

「ある程度想定していたからね。これほど動きが早いとは思わなかったけど」

「その、殺されていたのは本当に荒木なんですか？」

「ああ、『荒木将大』で間違いない。……ただ、僕にファンレターを送り、シークレットイベントに参加した人物とは別人だ」

「ええと……？」

噛み合わない会話に困惑する私を置き去りにして、先生は続けた。

「模倣犯がまともな知能を持っているなら——身元を辿られかねない過去なんて、速やかに消去するに決まってる」

「……話が見えません。どういうことですか」

「一五年前から、荒木は偽名を使って生活していた。素性を隠して、名義人がすでに死亡している廃屋に夜逃げしてきたくらいだ。……だから、いざとなれば自分の戸籍を売り飛ばすことにも何の抵抗もなかったはず」

「戸籍を？　……まさか」

「ああ。この部屋で死んでいた男は、戸籍上こそ荒木将大だけど、生物学的には全くの別人なんだ。……でも、僕にはそれを証明できない。荒木に逮捕歴や入院歴がなければ——死体をどれだけ調べても本人かどうか鑑定のしようがないんだ」

「荒木の、亡くなった両親の遺骨からＤＮＡ鑑定すれば……」

「それは無理。火葬された遺骨からＤＮＡは抽出できない」

「で、でも、殺されている二人の身元を洗い出せば何とかなりますよね？」

「あんなに遺体が損壊しているのに、どうやって？」

男の顔がぐちゃぐちゃにされ、両手両足の指も全て潰されていた理由がわかった。

憎悪や嗜虐心による拷問などではなく、顔や指紋、歯列といった生体情報を全て破壊することが真の目的だったのだ。

「恐らく偶然居合わせただけの女はともかく……、男の方は他人から戸籍を買うような人間だ。当然人間関係は希薄だろうし、職も転々としていたはず。もし、不法滞在中の外国人だとしたらお手上げだね」

「そんな……」

「希望があるとすれば近隣住民への聞き込みかな。あの部屋に住んでいた人物がここ最近で入れ替わったとか、外国人が住んでいたとかいう証言があればいいけど」

「それも望み薄……ですよね」

私も今の部屋に三年近く住んでいるが、未だに両隣の住民の顔を見たことはない。

部屋に帰る途中のエレベーターで住人と鉢合わせたときは、何のためのフェイントかわからないが一度別の階で降りてしまう癖すらある。

まして、殺されていたのは戸籍を買わなければならないほどの事情を抱えていた人間だ。人目を避けるように生活していたとしても不思議ではないと思う。

赤の他人に戸籍を売り渡し、その誰かを殺害することで、模倣犯は完全なる透明人間になってしまった。

法的にはすでにこの世に存在しておらず、闇の中で暗躍し続ける連続殺人鬼——もはや、ホラー映画に出てくるクリーチャーだ。〈絵札の騎士〉と同等かそれ以上の怪物に、この模倣犯は着実に成長を遂げてしまっている。やはり、現場に落ちていた錠剤や手すりの血痕はミスではなく挑発行為なのだろう。

気付くと、パトカーのサイレンがけたたましく鳴り響いていた。アパートの前で警察車両が二台停まっている。

長時間水に浸《つ》かっていたように重たい身体をどうにか動かし、私は立ち上がる。共用廊下の柵に肘をつき、外の景色を見た瞬間に思考が凍り付いた。

——見られている。

車から降りた刑事たちだけじゃない。何事かと部屋から出てきたアパートの住民だけでもない。もっと大勢——十数人もいる野次馬たちが、同じような顔をして私たちを見上げているのだ。

おかしい。この状況は絶対に変だ。

パトカーは確かにこのアパートの前で停まったし、刑事たちが続々と車から降りてきているのも見える。非日常的な状況なのは明らかだろう。

けれど、まだ具体的に何が起きているのかもわからない今の段階で、こんな人数の野次馬が集まるものだろうか？

アパートに惨殺死体があると知っている――そうじゃないと説明がつかない。

いや、そもそも――どうしてパトカーが二台も来ているのだろうか？

私は山倉さんの個人携帯に連絡したはずだ。事を荒らげないように、一人で来てくださいとも伝えた。けたたましいサイレンとともに刑事たちが殺到してくる状況は、全く道理に合わない。

「……くそっ、やられた」

拝島先生は何やらスマホを操作したあと、珍しく声を荒らげた。眉間に刻まれた深い皺は、懸命に屈辱を堪えているようにも見える。

部屋の前まで駆けつけてきた刑事は三人。そこに山倉さんの姿はない。

「……拝島礼一さんですね。小説家の」

どうしてそれを、と言いかけた私を、先生が手で制してくる。

――いったい、私たちの身に何が起きているのだろう。

なぜか敵意を剝《む》き出《だ》しにしている壮年の刑事が、野太い声で言った。

「殺人事件の参考人として、署までご同行いただけますでしょうか」

3

窓際　@p45arga77kah
あーあ。やっぱこいつの仕業か。
こんなクズの資金源になってた出版社と本屋はどう責任とるの？
>RT

リンリン@子育て奮闘中　@love_haruto_0822
拝島礼一とかいう小説家が逮捕されたって
こんな顔して、殺人鬼とかが出てくる小説書いてたんだよ？
まともな人間じゃないよ　死刑が妥当

＃拝島礼一作品の発禁処分を求めます

内藤ポリス　@police_naito
ハァ…。ほんとに頭痛くなる…。
こんな殺人犯が天才とか持て囃されてたなんて異常だよ。女性を拷問して殺すような小説ばっか書いてたみたいだし。フィクションで女性を性的搾取するような連中は徹底的に叩いていかないと、またこういうやつが出てくるよ。
＃拝島礼一作品の発禁処分を求めます

けーた　@keeeetaaa
拝島礼一ってこんな顔してたんだ　もっとわかりやすい陰キャだと思ってた（笑）
まあでもこいつの小説読んでるやつって、クラスで誰にも相手されてない連中なんでしょ？
六人も殺されたのはお前らのせいでもあるだろ　拝島と一緒に責任取れ
＃拝島礼一作品の発禁処分を求めます

私が警察署での事情聴取から解放されたのは、事件現場で任意同行されてから四時間後のことだった。

衝撃的な展開が連続しすぎて、刑事に何を訊かれたのかほとんど覚えていない。拝島先生との関係とか、犠牲者たちの死亡推定時刻のアリバイとか、たぶんそういう内容が中心だったとは思う。記憶は朧《おぼろ》げだが、指紋もしっかり採取された気がする。

＊

警察署の正面玄関から出た瞬間、光の洪水が襲い掛かってきた。

夥しい数のカメラが放つフラッシュが、私の網膜に焼き付けられる。中にはテレビ局仕様の大きなビデオカメラもあり、私が顔を伏せて逃げ去って行くところはばっちり動画に収められてしまった。

ただ、ターゲットは私ではなかったらしい。条件反射でフラッシュを焚《た》いた記者たちは、こそこそと玄関から遠ざかっていく私を追いかけようとまではしてこない。

彼らが血祭りに上げたいのは、他ならぬ拝島先生なのだ。

——なんで、こんなことになったのだろう。

それは拝島先生が警察に任意同行させられたからだ。連続殺人犯による五人目と六人目の犠牲者——その第一発見者として事情聴取を受けることになったからだ。そこまではわかっている。

でも、報道陣の視線から強烈な怒りを感じるのは意味不明だ。

カメラのフラッシュを弾丸にして、先生が現れた瞬間に一斉掃射しそうなほどの熱量は、ただの第一発見者に向けられるべきものじゃない。

「……織乃さん。こっちこっち！」

駐車場に停められている車の中から、山倉刑事が手招きしてきた。

誰もこちらを見ていないことを確認して、抜き足差し足でそちらへと向かう。後部座席に乗り込むなり、私はずっと溜め込んでいた疑問を爆発させた。

「いったいどういうことですか！　どこから情報が、というかあれっ、まるで拝島先生が逮捕されたみたいじゃ……！」

「違う、あくまで任意同行ですよ。逮捕されたわけじゃない」

「で、でもメディアの人たちはまるで……」

拝島先生が殺人犯みたいに、という言葉はどうにか呑み込んだ。

「……状況を、説明してください。山倉さん」

「そっか、織乃さんはまだネット見てないんですね」

「ネット？」

運転席の山倉さんが、半身になってスマホ画面を見せてくる。

それは某ネット掲示板のまとめサイトだった。『【悲報】拝島礼一センセイ、連続殺人犯として逮捕されてしまう…』という、悪意と幼稚さに塗れたタイトルが吐き気を誘う。

だがそれは序の口にすぎなかった。画面をスクロールした先には、もっと衝撃的な展開が待ち受けていた。

「……は？」

危うく、心臓が停止するかと思った。

スレッドを立ち上げた人物が投稿した画像には、アパートの階段を上る拝島先生と私の後ろ姿が写っていたのだ。

これは、さっきまで私たちがいた場所で間違いない。荒木将大の戸籍を持つ男性と、素性のわからない女性が惨殺されていたアパートだ。

写真はその他にも投稿されている。

玄関ドアに手を伸ばす拝島先生。部屋に入っていく拝島先生。部屋から出てくる拝島先生。警察が来るまでの間、共用廊下の柵に寄りかかっている拝島先生。どうやら、私の顔が写っている写真はない。

計八枚の画像が連投されたあと、匿名の人物は『連続殺人鬼〈絵札の騎士〉は小説家の拝島礼一』『警察が駆けつけて大変なことになってる。住所↓東京都江東区××ー×××』と綴っている。

これは、何だ。

誰がこんな写真を？　どういう目的で？

どうして、拝島先生の顔を知っているの？

「まとめサイトだけじゃない。ツイッター、インスタ、ティックトック……あらゆるSNSで情報が拡散されているのが現状です」

「……拝島先生は、殺人犯なんかじゃありません」

「でも、少なくとも重要参考人ではあります。これまでの事件が起きた日のアリバイはないし、赤の他人が殺された現場にいち早く駆けつけられた理由も説明できない。まさか、刑事から情報を流してもらったなんて言えるはずがありませんから」

「真犯人なんて、この写真を撮った人に決まってるじゃないですか！」

「……そんなこと、こちらもわかっています」

「ＩＰアドレスとかを調べて、書き込んだ人間を特定してくださいよ！」

「そう簡単じゃないんですよ。プロバイダに開示請求をしてもすぐに返答は来ませんし、コンビニのフリーＷｉ‐Ｆｉとか匿名性の高いＴｏｒ《トーア》ブラウザでも使われていたら手も足も出ません。これだけの知能犯なら、そのくらいの対策はしてるでしょう」

「でも、拝島先生が無関係ってことは早く伝えないと！　会見を開いてください！」

「捜査本部は、完全に無関係かどうかはまだ疑っています。少なくとも、不法侵入の容疑は確実なわけですから」

「そ、それは……部屋の中から異臭がしたからで、救護のために仕方なくて」

「あの人ならそう逃げるでしょうね。でも事情聴取はしばらく続きます」

「そんなの、山倉さんから上に言って止めさせてくださいよ！」

「……ああもう、俺に言うなよ！　そんな権限あるわけないだろ！」

山倉さんがハンドルを殴りつけたことで、私はようやく正気に返る。

この人はただ拝島先生の後輩として協力してくれているだけであって、雑誌記者の私を快く思っているはずがないのだ。

いや、きっと拝島先生に対してもいい感情を持っていないだろう。学生時代の弱みを握られているために、仕方なく従っているだけなのだから。

「……すみません。無茶なこと言ってしまって」

「いえ、こちらこそ……。感情的になってしまいました」

深い溜め息を吐き出して、山倉さんはネクタイを緩めた。

「……どうせ、拝島さんの取り調べは深夜までかかります。家まで送りますよ」

「いえ、大丈夫です。自分で帰りますので」

「はあ……」さらに深い溜め息。「察してくださいよ。あなたが余計なことをしないように、上司から見張るよう指示されてるんです。あなただって、立派な参考人なんですからね」

4

リビングで作業をしている絵里に声もかけず、私は自室のベッドの上に倒れ込んだ。化粧を落としたり、部屋着に着替えたりするのがたまらなく億劫《おっくう》だ。灯《あか》りも点いていない部屋で、私は眼球いっぱいにブルーライトを浴びながら電子の海を巡回する。

ニュースサイトにSNS、どこを覗いても一番上にあるのは拝島先生の写真だった。二名が惨殺されたアパートの中へと入っていく彼は、画素数の粗さも相俟《あいま》って恐ろしい秘密を抱えた凶悪犯のように見えてしまう。

ツイッターのタイムラインを覗くと、ルームメイトの絵里が事件記事を引用リツイートしているのが見つかった。

フジサキエリ@イラストレーター　@eri_fujisaki
報道を見る限り、拝島礼一さんが犯人だと決まったわけじゃない。
あやふやな情報を鵜呑《うの》みにして、一方的に誹謗中傷するのは違うと思います。
みんないったん冷静になろうよ。

投稿に紐づいた返信欄を見る気にはなれなかった。いくらフォロワー二万人を超えるアカウントとはいえ、リツイート数四．五万件は多すぎる。もし親友まで誹謗中傷されていたら、私はいよいよ正気ではいられなくなるだろう。

絵里の優しさと、そのせいで彼女が傷つけられているかもしれない事実で、感情が一気に決壊してしまう。

私は枕に顔を埋《うず》めて泣いた。

きっと今私は酷い顔をしているだろうし、化粧が枕を汚しているだろうけれど、それでも涙は止まらなかった。声も上げず、瀕死の猫のように身体を丸めて悲しみに打ちひしがれた。

瞼の裏側には、恐怖と不安が霧のように染み出していた。

絵里に謝らなきゃいけないと思うのに、金縛りにでも遭ったかのように身体が動いてくれない。このままじゃ拝島先生は小説を書けなくなってしまうかもしれないのに、解決策なんて一つも思い浮かばない。

眠れない夜はあまりにも長く感じる。

枕に顔を埋めたまま、私は無為な時間を浪費し続けた。


『今すぐ会社に来い。話がある』との電話が上司からかかってきたのは、翌朝八時のことだった。

今日は土曜日なので、どう考えても異常事態だ。

処刑台への階段を上る罪人の気持ちで、私はベッドから出て、シャワーを浴び、急いで身支度を整えていく。部屋を出る頃にはいくらか頭が冴《さ》えてきていたが、今となってはそれも不幸な事象の一つでしかない。

いくらでも浮かんでくる悪い想像を引き連れて、週刊風雅編集部に到着する。

土曜日の午前中というだけあって人は少ないけれど、誰もがこちらに視線を向けている気がした。私は自分の机にバッグを置くと、急いで上司から指示された会議室へと向かう。

「……失礼します」

自分の声が震えているのがわかる。

最悪の一歩先の可能性まで想定していたはずなのに、いざ険しい顔をした大人たちを見ると足が竦《すく》んでしまう。六人で満席になるほど狭い会議室には、直属の上司の上原さんはもちろん、編集長の島本《しまもと》さん、普段は会うことのない部長クラスの面々まで勢揃いしていた。

私に着席を促したのとほぼ同時に、上原さんが一枚の写真を差し出してくる。Ａ４用紙に拡大印刷された写真には、アパートの階段を上る拝島先生と私の後ろ姿が写っていた。

「これ、織乃さんだよね。間違いない？」

いつもは私を下の名前で呼んでいる上原さんの顔からは、明らかに怒りを押し隠している気配が感じられた。ちゃん付けで呼ばれるのは侮られている気がして嫌だったのに、こうして畏まった態度で接してこられると威圧感を覚えてしまう。

肺まで届かない酸素を咥内でかき混ぜるように、どうにか声を出した。

「……はい。間違いありません」

「どういうことか説明してもらえる？」

いったい何を話せばいいのだろう。

雲隠れ中の拝島先生と組んで、殺人事件を調べていた？　真犯人を特定して、それを記事にするつもりだった？　上司に報告もせず？　何度も仮病で欠勤して？　規制線が張られた殺害現場や、惨殺死体が横たわるアパートに不法侵入してまで？

確実にいくつかの法律を犯している私は、この人たちに許してもらえる理由を何一つ持ち合わせていない。

「報連相はしろっていつも言ってるよね、織乃さん。社会人云々の前に、人としての常識だよ。まさか、僕に黙って拝島礼一と接触していたなんて」

「その、言っても信じて貰えるとは思えなかったので……」

子供じみた言い訳だ。少なくとも、中学生以上ならもっとマシな理由を思い付く。

お偉方たちは眉間に皺を寄せ、重々しい溜め息を吐いた。

「……どんな手を使った？」

「え？」

上原さんは、私への嫌悪感を隠そうともしていない。

「今、世間の週刊誌への風当たりが強いことは知ってるよね？　ネットニュースとかでも、中途半端な記事には『記者の実名を公表しろ』とか『こんな幼稚な文章を書く記者は即刻クビにすべき』とか、そういう偉そうなコメントが殺到している。普通に仕事してるだけでもこれだよ？　もし重大なコンプライアンス違反があったら、編集部はその記者を庇《かば》いきれない」

「……コンプライアンス違反？　いったい何の話ですか」

「僕の口からそれを言わせる気か？」

まさかこの人は、私が女性の武器を使って拝島先生と接触したとでも言いたいのだろうか。

姑息《こそく》な手段で渦中の作家に近付いて、その犯罪行為を手助けしていたと――殺人鬼の片棒を担いでいたと、本気で思っているのだろうか。

「……誤解です。私は正当なプロセスを踏んで拝島先生の密着取材をしているだけですし、そもそも先生は、この事件の犯人なんかじゃありません」

「だが、世間はそんな見方はしない。きみは拝島の共犯者だ」

世間。

週刊誌記者という人種は、その言葉を免罪符のように使う。

世間が求めているから。世間が許さないから。世間が面白がってくれるから。そんな大義名分を盾に、神様気取りのメディアは罪なき人々を断罪し続けている。

その世間とやらを扇動しているのは、他ならぬ自分たちだというのに。

「ただ、幸いにも世間は——拝島の隣にいる女性がうちの記者ってことにまでは気付いていない」

沈黙を守っていた編集長が、静かに口を開いた。

さっきから一向に話が見えない。この人たちは私に何を求めているのだろう。

「織乃さん、あなたに挽回《ばんかい》のチャンスをあげましょう」

「……どういうことですか」

「単刀直入に言う。あなたが拝島礼一に洗脳されていたことにして、これまでに起きたことを洗いざらい記事にするんだ」

意味がわからない。

私は洗脳なんかされていない。間違いなく自分の意志で——拝島先生の新作を真っ先に読みたいという理由で、調査を手伝っていただけなのに。

「新米女性記者を洗脳し、自分に有利な記事を書かせようとしたクレイジーな連続殺人鬼——ただ事件の詳細を報道するよりも、その方が間違いなくフックがある。発行部数も跳ね上がるだろう」

「……そんなの、誤報になりますよ。拝島先生は殺人犯なんかじゃありません！」

「じゃあ、拝島が真犯人だとは断言しなければいい。少なくとも、拝島がきみを洗脳していて、事件の重要参考人として拘束されているのは事実なんだから。上手いこと情報をぼかして構成するんだ。

わかるだろ？　拝島の異常性を告発する記事をあらかじめ出しておくことが重要なんだ。もし拝島が犯人ならそれでよし。もし真犯人が別にいるとしても、小説家の異常性が原因で凶悪犯罪者が生み出されたという論調に繋げることができる」

編集長の口から、今後のスケジュールや私の役割などが語られる。

そのほとんどは頭に入ってこなかった。

荒れ狂う渦の中に閉じ込められたように、音は掻き消され、視界は大量の水飛沫《みずしぶき》と泡に埋め尽くされていく。もはや、普通に呼吸することさえ難しい。

ほとんど無意識のうちに、私は机を両手で叩きつけて立ち上がっていた。

身体はそのまま理性を経由せずに動き、呼び止める声を無視して会議室から飛び出していく。机の上のバッグをひったくり、私は編集部からも逃げ出した。エレベーターを待っている間に追い付かれそうなので、少しも迷わず非常階段を目指すという逃げ上手っぷりだ。我ながら笑えてくる。愉快なことなんて何一つないのに、壊れたような哄笑《こうしょう》とともに階段を駆け下りていく。

磨《す》り硝子《ガラス》越しのようにぼやけた意識のままエントランスを出て、駅とは反対方向に歩き、静まり返った飲み屋街や人通りの多い路上を抜け、ちょうど停車していた路線バスに行き先も確認せずに乗り込む。そんな、何の意味もない逃避行を続ける。

路線バスは、知らない街の知らない景色を次々に辿っていく。

バス停の名前が次々に表示される車両前方のディスプレイを眺めながらしばらく揺られていると、窓の外に大きな図書館らしき建物が見えた。

なぜだか、ここで降りるのが正しいことのように思えた。

私は停車ボタンを押し、座席から立ち上がる。

苦しい現実から逃げて、図書館に漂着したのは高校生のとき以来だ。

話す相手が一人もいない教室が息苦しくて、こっそりと学校を抜け出しては市立図書館に通い詰めていたことを思い出す。

拝島作品に出会ったのはその頃だ。それをきっかけに私は文芸の編集者を目指して東京の大学を受験し、書店でバイトしながら就活に明け暮れ、雑誌記者になって拝島先生と出会うことになった。

地元の図書館とは比べ物にならない広さのエントランスを横切り、案内板の前で立ち止まる。現代日本作家の小説があるのは二階らしい。私は本能に導かれるままそちらを目指した。

「……どこにあるの、ねえ」

思いきり独り言を零しながら、書架の迷路を彷徨い続ける。「は」行の作家の著作が並んだ区画をどれだけ探しても、拝島礼一の文字は見つからない。あれだけ有名な作家の著作が、この規模の図書館の蔵書にないというのは考えられない。

まさか、拝島先生の小説は全て撤去されてしまったのだろうか。

ありえない、そんな酷いことはあっちゃいけないと祈る心を打ち砕くように、最悪の可能性を裏付けるものが視界に飛び込んできた。

——棚の一部分に、十数冊分の不自然な空白地帯がある。

近くを年配の利用客が歩いているにもかかわらず、私は膝から崩れ落ちてしまった。全ての希望が打ち砕かれた気分だ。

世界が総出になって私を追い詰めてくる。高校時代の私の、唯一の逃げ場所だった図書館さえも——もはや味方にはなってくれないのだ。

ふらつく足で図書館を出ると、行く当てもない私は住宅街を彷徨い続けた。辺りに人の姿は見えない。知らない街の知らない路上で、自分がどうしようもなく場違いな存在に思えてきた。

しばらく歩いていると思考も落ち着いてきて、私はバッグに入れていた社用携帯がずっと振動していることに気付く。

きっと、上司からの鬼電というやつだろう。無視していい理由なんて一つもない。自分がまだかろうじて社会人であることを思い出しつつ、通話ボタンを押した。

「……申し訳ありません。さっきはその、気が動転してて……」

『……なんだ？　いきなり謝罪されても困るけど』

血圧の低さがありありと伝わる、少し低い声。

「あ、え……拝島先生、ですか？」

『わざわざ口に出して確認しなくていい。スマホに発信者名が表示されてるだろ』

「で、でも先生は今頃、警察署に……」

『いま解放された。まったく、刑事を丸め込むのは骨が折れるよ。危うく不法侵入で逮捕されるところだった』

「被害者の救護のためにアパートに入った、ということにしたんですね」

『まあそんなところ。この先もまだ警察が絡んでくるようなら、知り合いの弁護士を雇って徹底抗戦してやるつもりだけど』

丸一日近く拘束されていたのに、先生からは憔悴《しょうすい》の気配など感じられなかった。ちょっと上司たちに詰められただけで自制心を失った私とは、メンタルの出来が違う。

どうして先生はこんなに強いのだろう。

それが己への揺るぎない自信に裏打ちされたものなのだとしたら、大した取り柄もない私には一生届かない領域に違いない。

——とにかく、まずは先生に謝らないと。

「その、申し訳ありません……。私が、シークレットイベントの参加者が犯人だなんて適当なことを言ってしまったせいで、先生は……」

『まだ、その可能性は否定されてないだろ』

「でも、容疑者の荒木は戸籍を変えて別人になっちゃったんですよ？　すでに捨てている名前しか手掛かりがない状況で、どうやって犯人に辿り着けば……」

『随分弱気だな』

「……誰もが、先生みたいに強いわけじゃありません。さっきだって、先生に不利な記事を書くよう上司に命令されて、怖くなって会社から逃げてきたくらいで……」

　自分がどうしようもなく情けなくなって、私はその場に座り込んでしまう。泣いていい立場じゃないはずなのに、涙で視界が滲んでいく始末だ。

　本当に呆れる。

「正直もう、つらいんですよ。私は記者としても並以下で、先生の作品を誰よりも読んできたことくらいしか取り柄がなくて、先生をどうにかして助けたいのに、足を引っ張ることしかできなくて……」

『一つ言っておくけど、僕は卑屈な人間が嫌いだ』

「え……？」

『僕の新作を最初に読むことを協力する交換条件として提示してきたとき、僕はきみのことを面白いと思った。「担当編集になりたい」ならともかく、ただ新作を読むだけなんて、条件としてはあまりに弱すぎるから。

……でも、他人には理解できない動機で大きな決断をしてしまえる人間は強い。どこかで僕の想像を超える貢献をしてくれるんじゃないかと、本気で期待していたんだ』

　言葉とは裏腹に、拝島先生の声からは一切の温度が消えていた。

これは、失望だ。

拝島先生は、今まさに私を見限ろうとしている。

『もういい、調査は僕一人で続けるよ』

「……はい。お役に立てず申し訳ありません」

『しかし、きみはこれからどうするつもりなんだ？　ちょっとした挫折で心がポッキリ折れてしまって、その上たぶん出版社もクビになるわけだろ？　負け犬の気分のまま地元に帰って、実家に寄生しながら再就職先でも探すわけか。いい職場が見つかるといいな。激務や責任感とは無縁の、個人経営の和菓子屋あたりがおすすめだ。商店街のお爺《じい》さんお婆《ばあ》さんたちと、日がな一日お茶でも啜って談笑していればいい』

「……言い過ぎです」

『どうして怒ってるんだ？　全部きみが望んだことだろ。何の刺激もないド田舎で、元上司の悪口でも言いながら幸せに暮らせばいいじゃないか』

「…………ふざけんなよ」

どう考えてもそんな資格はないのに、今まで溜め込んできた怒りがふつふつと湧き上がってくる。

そうなるともう、理性なんて簡単に焼き切れてしまう。

「どうしてあなたは、そうやって人の気持ちを逆撫でするようなことばかり……！　ホント、たまたま小説を書く才能があってよかったですね！　もしそうじゃなかったら、あなたなんかただの社会不適合者ですよ！」

『社会不適合者のきみに指摘されてもね』

「わ、私はたまたま、職場との相性が良くなかっただけで……」

『同じことだろ。自分のできなさを棚に上げて、雇い主の僕を批判するな』

「……嘘。いま、雇い主って言いました⁉　冗談やめてくださいよ、私は善意で協力してあげてただけです！　報酬どころか、交通費だってくれたことないくせに！」

『僕の新作を最初に読める権利を与えただろ。それ以上の報酬なんてある？』

「……っ、もういいです！　今までお世話になりました！」

殴りつけるように画面をタップして、通話を強引に打ち切る。

そのまま社用携帯を地面に投げつけそうになるが、どうにか思い止まる。そこまでやってしまったら、人間として完全に終わってしまうところだった。

「……はは。最低だ、私」

アスファルトの上に座り込んだまま、自分自身を嘲笑する。

そんなことをしても何も解決しないし、そもそも現実逃避にすらなっていない。とことん卑屈になって、敬愛する作家に暴言をぶちまけてしまった事実は絶対に変わらないのだ。

つらいことがあるたびに物語の中に逃げ込んできた人間の末路がこれだ。物語が救いではなくなってしまったとき、私は立ち上がるべき理由を完全に見失ってしまう。

拝島先生の言う通り、これから負け犬の気分のまま余生を過ごす羽目になってしまうのかもしれない。

5

『処分が決定するまで謹慎』という通達が下されてから、もう三日が経とうとしていた。

食事とトイレと入浴のとき以外は一日中ベッドの上にいて、ぼんやりとスマホを眺めているだけの日々。食事も全て宅配で済ませているから、この三日間は一度も家から出ていないことになる。単位をあらかた取り終わったあとの文系大学生よりもよっぽど怠惰な生活に、自分で呆れてしまう。同居人の絵里はイラストの締め切り間際で忙しそうにしているので、罪悪感の膨張は止まるところを知らない。

ほぼ半日ぶりに自分の部屋から出ると、リビングで作業していた絵里が笑いかけてきた。

「あはは、めっちゃ顔むくんでるじゃん。寝すぎなんだよ」

私の事情はある程度知っているはずなのに、絵里はいつものように接してくれている。余計な詮索はしない優しさにまた申し訳なさが込み上げてきて、私は目尻の水滴を拭った。

ペンタブの画面から視線を動かさず、絵里が左手を挙げた。

「ねえ未希、ちょっとお願いしてもいい？」

「……どうしたの？」

「最近、お互いに余裕なくて洗濯物溜まってるじゃん？　近くにコインランドリーがあったからさ、ちょっと行ってきてよ」

「コインランドリー？　なんでわざわざ……」

「いや、だって雨降ってるもん。部屋干しするのもアレだしさ」

絵里は窓を指差して笑った。そこで初めて、私は外で小雨《こさめ》が降っていることや、とっくに夜になっていることに気付く。壁時計の長針と短針が共謀して午後九時半を示していた。最後に時刻を確認したのがいつかも思い出せないのは、それだけ私が重症だからだろう。

外に出て気分転換しろ、という遠回しな心遣いに感謝しつつ、二人分の衣類やタオルを洗濯かごに詰め込んでいく。どうせ誰にも会わないのに、パジャマからラフな私服に着替えて簡単な化粧まで施した。これも、社会性を少しでも取り戻すための悪足《わるあ》掻《が》きだ。文庫本と財布と携帯だけを入れたハンドバッグを持って、部屋を出る。

徒歩五分のところにある古びたコインランドリーに、先客は誰もいなかった。世界最古のモデルなんじゃないかと疑いたくなるくらい老朽化の進んだドラム式洗濯機の中に洗濯物と洗剤を放り込み、五百円玉を投入してスタートボタンを押す。

丸い窓の中で踊る色彩の渦を、ベンチに座ったままぼんやりと眺める。規則的に響くモーターの作動音と水音に耳を傾けながら、私はこの数週間に起きた出来事を思い返してみた。

〈絵札の騎士〉の名を騙《かた》った連続殺人。上司の命令で潜入した読書会。そこで出会った憧れの小説家。彼とともに事件を追い始めるという超展開。シークレットイベントの記憶。荒木将大という容疑者の足跡。消去された戸籍。仕掛けられた罠。崩れ落ちていく希望。会社での大失態。拝島先生との衝突。それら全てが、洗剤で泡立った渦とともに攪拌《かくはん》されていく。

——悔しい。

洗濯機の窓に反射する自分の顔を睨みつけて、私は強く思った。

あんなに頑張ってきたのに。やっと手掛かりを摑めそうだったのに。あと少しで、拝島先生を救えるかもしれなかったのに。

電話で喧嘩別れしたとき私はこの上なく卑屈になっていて、先生の不器用な物言いに突っかかってしまった。人付き合いが苦手な先生なりに、あえて挑発することで奮起を促してくれていたのかもしれないのに。

「……謝らなきゃ」

この前のことを謝って、反省の意志をしっかり示して、また以前のような関係に戻りたい。窮地に立たされている先生の力になりたい。それが私の望みだった。

スマホのアドレス帳から先生の番号を引きずり出しては、怖くなって元の画面まで戻る。電話じゃ無理だと思ってメールに切り替えてみても状況は変わらなかった。謝罪文を長々と書いては一括削除するという、非生産的な行為を何度も繰り返す。電子音とともに洗濯機が停止する頃になっても、まだ納得のいく文言は完成しなかった。

追加の硬貨を入れて乾燥モードに移行させながら、私は頭をぐるぐると回し続ける。

知らない番号から電話がかかってきたのは、乾燥が終わった洗濯物をかごに取り込んでいるときのことだった。

雑誌記者という仕事をしていると、名刺を渡した相手から突然連絡が来るのは珍しくない。今回もきっとそんな電話だろうと当たりをつけて、通話ボタンを押した。

「はい、週刊風雅編集部の織乃です」

『………………』

「もしもし？　どなたでしょうか？」

たっぷり五秒ほど待ってみたが返答はない。代わりに、スピーカーから荒い息遣いが聴こえるだけだ。

電話の主はいったい誰なのだろう。

社用携帯の番号を知っているということは、以前名刺を渡したか、メールでやり取りしたことがある誰かだ。いや、番号を隠しているわけでもないので、その気になれば誰でも入手できるかもしれない。

嫌な予感が染み出してきたとき、ようやく電波の向こうの人物が口を開いた。

『お久しぶり、です。白瀬です』

その、今にも消え入りそうな声で、記憶の扉が簡単に開いた。

白瀬めぐみ。連続殺人鬼による最初の事件——自宅で刺殺された市議会議員の妻にして、唯一犯人を目撃したかもしれない人物だ。

こんな夜遅くに電話をしてくるということは、それなりの緊急事態なのかもしれない。めぐみさんの切迫した声が、そんな予感を加速させていた。

「お世話になっております、白瀬さん。いかがいたしましたか？」

『その、今から会えませんか。お話ししたいことがあって……』

「今から、ですか？」

私は黄ばんだ壁に掛けられた時計を見る。午後一〇時一五分。めぐみさんが住んでいるのは埼玉の山伏市だが、今から駅に向かえば終電には間に合うはずだ。

「了解しました。ご自宅にお伺いさせていただきます」

『いえ……。実は今、都内のホテルでして』

「都内？　どうしてまた」

『池袋《いけぶくろ》のモンドリッツホテルの一八一五号室にいます』

一方的に現在地を告げると、めぐみさんはいきなり通話を切ってしまった。

只事《ただごと》じゃないことは一発でわかった。めぐみさんの声は以前会ったときよりもさらに憔悴していて、酷く思い詰めている様子さえあったのだ。

薄手のパーカーにハーフパンツという格好は取材対象と会うのに相応しくはないけれど、家に帰って着替えている余裕はない。根拠もなく、そう直感する。

盗難対策になっているかはわからないが、私は一度取り込んだ洗濯物をもう一度ドラムの中に放り込み、絵里に電話をかけた。

通話が繋がると同時に捲し立てる。

「もしもし絵里？　ごめん、緊急の用事ができちゃった。洗濯物だけど、コインランドリーまで取りに来てくれる？」

6

無防備な洗濯物をルームメイトに託し、めぐみさんに指定されたホテルへと向かう。

エントランスを横切ってエレベーターに乗り、一八一五号室の前に辿り着いたとき、強烈な悪寒が背筋を走り抜けた。

部屋のドアに貼り紙があったのだ。

『塩素ガス発生中。決してドアを開けず、警察と消防を呼んでください』

「……まさか」

最悪の想像が、私の焦燥を加速させていく。

市販の洗剤と漂白剤を混ぜて有害なガスを発生させる方法があることは、ミステリ小説を読んで知っていた。苦しまずに実行できる自殺の方法だと科学的根拠もなく誤解され、現実世界で定期的に犠牲者が出ていることも。

二次被害を防ぐための貼り紙を準備してから実行したとしても、さっき電話を受けてから二〇分近く経っている。もはや躊躇する時間さえ惜しい。

私は閉ざされたドアを何度も殴りつけた。

「めぐみさんっ！　いたら返事してください！」

返事はない。冷静な思考なんて放り出して、何度も、何度もドアを殴る。

「考え直してください！　こんなっ、こんなの……！」

こんな展開はあんまりだ。めぐみさんには何の罪もないのに。

何が『正しさ』だ。模倣犯が言っていることは何から何までズレている。何の罪もない女性をここまで苦しめてしまう犯罪者のどこに、正義があるというのだろう。

「早く開けて！　お願いだから……」

どれだけの時間、ドアを殴り続けていたのかもわからない。拳がじんじんと痛む。皮膚が裂けて血が滲んでいるかもしれない。それでも構わずドアを殴る。絶望的な結末を、どうにかして否定したかった。

——ゆっくりと、ドアが僅かに開いたのは数分後だった。

私は慌ててドアノブを掴むと、何の躊躇もなく室内に身体を滑り込ませる。

微《かす》かに塩素の独特な臭いが漂っているが、致死性のガスが発生している感じはしない。代わりに、生気が完全に抜け落ちた女性の姿だけがあった。乱れた黒髪の隙間から覗く、絶望に塗り潰された瞳がこちらを見ている。

私の存在を認識すると、めぐみさんは身体から軸が取り払われたように崩れ落ちてしまった。

「よかった。間に合った……！」

「あ……私……」

「大丈夫。大丈夫ですから」

「……ああ、ああああああ」

半狂乱になって泣き叫ぶ彼女を、そっと抱き締める。痩せ細った身体は今にも壊れてしまいそうで、彼女を苛《さいな》んでいる恐怖や絶望の濃度をこれでもかと思い知らされた。

　私はハンドバッグをその辺に放り投げ、慎重にめぐみさんをベッドの上に座らせ、彼女が落ち着きを取り戻すのを待つ間にバスルームを片付けた。念のため服の袖で鼻と口を覆いながら、漂白剤や洗剤のボトルの蓋を閉め、ポリバケツの底に僅かに溜まった液体をシャワーで洗い流していく。

　それから私は部屋に戻り、窓際の椅子に座って、めぐみさんの方から口を開くのを待ち続けた。

　永遠と錯覚するほどの時間が流れ、彼女はようやく声を絞り出した。

「……犯人が、脅迫文を送ってきたんです」

「脅迫文？」

「白い封筒が、自宅のポストに届けられていたんです。……切手や郵便局の消印はついていませんでした」

「それって……」

「はい。犯人が、私の家に直接やってきたんだと思います」

　めぐみさんを襲った恐怖を想像して、私は生唾を呑み込んだ。夫を目の前で殺した異常犯罪者が、また自宅にやってきたなんて……。

「玄関の防犯カメラには、何か映っていましたか？」

めぐみさんは力なく首を振った。どんなトリックを使ったのかは不明だが、証拠も残さず六人も殺せてしまう殺人者にとっては簡単な手品なのかもしれない。

「その、警察には……？」

「け、警察に言えば殺すって、犯人が……」

恐怖が鮮明に蘇ってきたのか、めぐみさんは両手で顔を覆って俯いてしまった。

かけるべき言葉が見つからず、私は狭い部屋を見回してみる。ベッドの上に投げ出されているバッグから、白い封筒のようなものがはみ出していた。

「……その封筒、ですよね。読ませていただいてもよろしいですか？」

めぐみさんがどうにか頷いたのを確認して、私は封筒に手を伸ばした。

封筒を逆さにして中身を取り出す。入っていたのは一枚の便箋と、〈クラブの2〉のカードだった。便箋の方にはやけに角ばった字で、『近いうちに忘れ物を取りに行く』と記されていた。

「………殺害予告」

原作の〈絵札の騎士〉も、殺人者として成長を遂げた終盤にやっていた手口だ。ターゲットの家に殺害方法を示したトランプのカードを忍び込ませ、少ししてから伏線回収と称して殺人を実行する。

ただ、原作ではカードはターゲットがすぐには気付けない場所に隠されており、被害者は最期の瞬間まで殺人鬼の襲来を予測できていなかった。警察の現場検証でようやくカードが発見されるというのが定番の流れだ。今回のように、ポストに投げ込むのは少し雑に思える。

どれだけ警戒されても確実に殺せるという自信の表れだろうか。自分はすでに〈絵札の騎士〉を超えたとでも言いたいのだろうか。

とはいえ、めぐみさんが危険な立場に置かれているのは間違いなかった。

原作にも、めぐみさんと同じようにメッセンジャーとしてあえて生かされた女性キャラクター——飯田茉莉花がいる。彼女は自警団のリーダーとなり〈絵札の騎士〉を独自に追うのだが、重大なヒントに辿り着きそうになったところであえなく捕まり、無惨にも殺害されてしまった。

間違いなく、この模倣犯はめぐみさんにも同じ道を辿らせようとしている。

「わ、私もう、どうすればいいのかわからなくて……」

空調の音が、何かが壊れる予兆のように大きく響く。

「犯人に、ご、拷問されて殺されるくらいなら……いっそのこと自分で死んで楽になった方がいいって、本気で、そんな風に……」

「めぐみさんは大丈夫ですよ。私に電話してくれたのは、本当はまだ生きることを諦めきれなかったからでしょう？」

「そう、なんですかね……。自分でもよくわかりません」

「ホテルに避難したのもいい判断だと思います。ここなら、犯人もそう簡単には手を出せないはずですし」

ポジティブな言葉だけを慎重に選び、めぐみさんの考えの全てを肯定していく。私には心理学の素養なんてないけれど、彼女を世界に繋ぎ留めるにはこの方法しかないと信じて。

「こんな卑劣で残酷な犯人、絶対に野放しにしちゃいけません。……だから安心してください。私と拝島先生が、必ず見つけ出してみせますから」

何の実績もない私の言葉が、どれだけめぐみさんの心に響いたのかはわからない。そもそも彼女は、以前私と一緒に自宅へ伺ったのが拝島先生であることすら知らないのだ。こんなのは私自身を鼓舞するための、自家発電的な台詞でしかない。

それでも彼女は、目を真っ赤に腫らしながら、小さな微笑みを返してくれた。

どれだけ自分勝手な発言でも、それが誰かの希望になるのなら別にいいと思った。

「……そういえば、いくつか思い出したことがあるんです」

例の脅迫文を受け取り、帰り支度をしていると、めぐみさんが弱々しく切り出した。

発作的に自殺を試みてしまうほど追い詰められたショックで、これまで封印していた記憶の扉が開いてしまったのかもしれない。

「ただその、私の記憶違いかもしれなくて、まだ警察にも話してないんですけど……」

「確証がなくても構いませんよ。どんな些細なことでもお話しください」

ありがとうございます、と消え入るように言ったあと、めぐみさんは続けた。

「私をロープで縛りながら、犯人は『そう遠くないうちに拝島礼一に接触する』と話していたんです。あの事件は半年前ですから、もしかしたらもう……」

「拝島先生が会ったことがある人の中に、犯人がいると？」

「わ、わかりません……。犯人が本当に接触したのかなんて知りませんし、そもそもこの記憶だって本当に正しいのか……」

めぐみさんがメッセンジャーとして生かされたのなら、模倣犯が拝島先生宛ての伝言を残したのは理に適《かな》っている。

そして、今になって脅迫文が届いたのは用済みだと判断されたからなのだろう。

「いえ、貴重な証言です。ありがとうございます」

「それと、いや……こんな情報が役に立つかわかりませんけど」

「大丈夫です。お聞かせいただけますか？」

こちらが申し訳なくなるくらい恐縮しつつ、めぐみさんは絞り出した。

「私……犯人と一度も目が合わなかったんです」

「目が……合わなかった？」

「はい。何というかその、殺人犯は私や主人を痛めつけることに興奮していたわけでしょう？　それなのに、犯人は私をロープで縛っている間も、天井の方ばかり見つめていて。まるで、その方向に誰かがいるみたいに」

一気に話がオカルトじみてきた。まさか犯人は、〈絵札の騎士〉に殺人という行為を捧《ささ》げていたのだろうか。小説の登場人物を神のように崇《あが》める精神性は恐ろしいが、それなら被害者をいたぶっている最中に天を仰いでいることの説明もつく。

模倣犯にとって殺人とは、〈絵札の騎士〉というカリスマに近付き、やがて超えていくために必要な――神聖な儀式なのかもしれない。

そのくらい倒錯した価値観がなければ、好きな作品を批判したというだけの理由で何人も殺すことなんてできないはずだ。

7

ホテルを出たときにはもう雨は上がっていた。

今から走れば終電に間に合いそうだが、なんとなくまだ帰る気にはなれない。中学生くらいのときに読んだ小説のことを思い出しながら、池袋西口公園の方へとゆっくり歩くことにした。

久しぶりに訪れた西口公園は、知らないうちに随分幻想的な場所に変わっていた。

クリスマスはまだ三ヶ月も先なのに煌《きら》びやかなイルミネーションが氾濫していて、公園の中央には五つの巨大な輪を模したオブジェが浮かんでいる。その真下では、プログラムで制御された噴水が七色に輝きながら一糸乱れぬ踊りを披露していた。こんな時間でも、噴水の周りにはカップルや大学生のグループなどが大勢集まっている。

人よりもひねくれた性格だと自覚している私でも、素直に美しいと思えた。

意外にも、世界は綺麗なもので溢れている。

偏見や誹謗中傷や歪んだ正義感に塗れた液晶画面から少し顔を上げれば、誰もが時間を忘れるような光景を見つけることができるのだ。駅から数分歩くだけで辿り着けるこの真理に、もっと多くの人が気付けばいいのに。

さっきまでの雨で噴水の周囲の石畳は均等に濡れていて、周囲の光が綺麗に反射していた。赤や黄色、青に緑といった色彩が淡く滲み、不安定に屈折して、抽象的な幻想を作り出している。

そんな景色をぼんやりと眺めていると、脳裏に電流のようなものが走った。

――この閃きは、いったい何だろう。

酷く曖昧で、すぐに言語化できるものではない気がする。

もっと深く、思考の海の底まで潜らなければ摑み取れない何かだ。

噴水。水面。色彩。光。屈折。

頑張って連想するんだ。きっと私は、この違和感の正体を知っている。

異様に前髪の長い少年。白瀬めぐみさんの証言。

ゴミ捨て場のコンクリートが無駄に破壊されていた痕。模倣犯が聖域を作らない理由。廃墟の床に転がっていた錠剤。階段の手すりに付着した血痕。

慎重な殺人鬼には似つかわしくない、注意散漫なミスの数々――。

「…………もしかして」

念のためスマホで詳細な情報を検索して、この閃きの正しさを裏付ける。

そのまま操作を続け、私は拝島先生へと電波を飛ばした。どうせ私も先生も社会不適合者なのだから、こんな時間に電話をかけることの是非なんてどうでもよかった。

通話が繋がった瞬間、私は大声で捲し立てた。

「夜分に失礼します、織乃です！　実はですね、今私……」

『いったいどんな声量だよ、こんな夜中に……。何を興奮してるわけ』

「あ、ごめんなさい。ただ、一刻も早く先生に伝えたいことがあって」

決定的な言葉を紡ぐ前に、私は一度空気を深く吸い込んだ。

先生はどんな反応をしてくれるだろうか。私を見直してくれるのか、それとも推理に穴を見つけて指摘してくるのだろうか。

別にどっちでもいい。今はただ、頭の中で弾けそうなこの閃きを早く伝えたかった。

「落ち着いて聞いてくださいね？　実は……」

『奇遇だな。僕の方も、きみに伝えたいことがある』

「ちょっと！　今こっちが話してるんですから！」

『犯人の正体がわかった』

「え……？」

『だから、この事件を解決したと言ってるんだ』

自分が紡ごうとしたのと同じ意味の言葉で、鼓膜の表面が震えた。

拝島先生が公園に到着したのは三〇分後のことだった。

すでに時刻は一時を過ぎていて、イルミネーションも噴水も停止してしまっている。私たち以外には、酔い潰れてベンチで眠る若い男性くらいしかいない。

ここにきて、私は数日前に先生と喧嘩別れをしていたことを思い出す。事件を解き明かした興奮で脳の海馬が麻痺《まひ》していたのかもしれない。

あまりの気まずさに、どんな言葉をかければいいのかがわからなくなる。さっきまで水が鮮やかに踊っていた石畳を眺めながら、私たちは滑稽なくらい沈黙を持て余す。

しばらくして、先に切り出したのは拝島先生だった。

「……それで？　きみの推理を聞かせてもらおうか」

「え、私のですか？」

電話では、私が犯人の正体に気付いたことは話していないはずだ。

「きみは確かに社会不適合者だけど、どうでもいい連絡を午前零時以降にしてこない程度の良識はある。それに、あの声の弾みよう……。よっぽど嬉しいニュースがあったんだろ？」

人の気持ちなんてまるでわからないくせに、洞察力だけは神がかっている。そんな歪《いびつ》さこそが、この人を天才たらしめている要素なのかもしれない。

「先生のおっしゃる通りです。……じゃあ、私の推理を話しますね」

それから私は、今まで入手した情報や、偶然得た気付きをもとに組み立てた推理を語った。

拝島先生は腕を組み、目を閉じたまま聞いてくれた。的外れな推理だったらどうしよう、なんて恐怖は簡単に薄れた。時折頷きながら先を促してくれる先生に甘えて、私は息継ぎすら忘れて夢中で語り続ける。

全てを語り終えたとき、拝島先生は口の端を僅かに歪めていた。

笑っているように見えなくもない表情の真意を探ろうとしていると、先生は不意打ちのように言った。

「この前、僕はきみに期待していたと言ったけど……少し訂正する」

駄目だったのか、と目を閉じる私に、いつになく穏やかな声が降ってくる。

「どうやら、僕はきみを過小評価していたらしい。喜んでいい、きみは僕の想像を超えたんだ」

あまりにも不遜な物言いなのに、お腹《なか》の底から嬉しさが込み上げるのを止められなかった。絶対に泣くような場面じゃないはずなのに、視界が雨の日の路上のように滲んでいく。

「ただまあ、きみの推理には致命的な問題点がある。二点ほどね」

「……せっかく喜んでたのに。二点もあるんですか？」

「たった二点だろ。もっとボロボロな推理なら、徹底的に論破してやろうと思ってたのに」

いちいち、一言多い小説家だ。

「じゃあ、聞かせてください。どんな問題点があったんですか」

「一つは、きみの推理を裏付ける証拠がまだないこと。そしてもう一つは――」

もう一つの問題点と、その裏にある真実を聞かされて、私は身が竦むような恐怖を覚えた。

先生の推理力の凄まじさに、ではない。あの人物の怪物じみた計算と鋭利な嘘に、自分が今の今まで完全に騙《だま》されていたことを知ったからだ。

――この事件は、世間が思っているよりもずっと残酷な背景を孕《はら》んでいる。

「……は、早く警察に伝えないと」

「嘘だろ、最初の約束を忘れたのか？」

「約束？」

「僕の望みは犯人を逮捕することじゃない。僕の作品の間違った解釈を広めようとしている模倣犯を徹底的に糾弾する——そいつのセンスがいかに終わっていて、僕と世の中にとってどれほど有害なのか知らしめないと、この怒りは絶対に収まらないんだ」

「つまり私に……犯人を糾弾する記事を書け、と」

「ただ僕の名誉を回復することだけが目的じゃない。ロクな証拠を残していない犯人を追いつめるには、その記事を撒き餌として利用するのが一番なんだ」

撒き餌という表現の意図はわからないが、そのプランには大きな問題がある。

「申し訳ないですけど、先生……。いま私、謹慎中の身なんですよ。とてもじゃないですけど、週刊風雅に記事を掲載することなんて不可能です」

「一つだけ、いいアイデアがある。ただ、それを実行すればきみは間違いなく懲戒解雇になってしまうだろうけど……」

先生が語った作戦は、どう考えても会社への裏切り行為に該当していた。

けれど、先生の名誉を回復しつつ犯人を罠に嵌めるにはこれしかないとも思えた。

何より、憧れの小説家がそんな無茶苦茶な方法で逆襲に出る展開なんて——最高にワクワクするじゃないか。

「きみに問おう。……全てを捨てて暴走する覚悟は？」

「……私は、一人の記者である前に、拝島礼一という小説家のファンなんです。どこまでもついて行くに決まってるじゃないですか」

「よし、作戦は明後日《あさって》に決行だ。……やはり、きみを選んで正解だった」


作戦の方針を固めて解散する頃には、もう三時すぎになっていた。タクシーを拾うため、二人で並んで大通りへと歩く。

そろそろ、この前の一件に触れるときが来たようだ。

「……あの、先生。先日は電話で失礼なことを言ってすみませんでした」

「まあ、別に気にしてないけど」

拝島先生は居心地が悪そうに頭を掻いた。

「……まあその、あれだ。こっちこそ、言い過ぎて悪かったよ」

「え？」

「悪気はなかった、と言えば完全に嘘になるけど……僕は何というか、意図に反して人を怒らせてしまうことがたまにある。とにかく、そういう星の下に生まれたんだ。

そのおかげで小説を書くことに没頭できたわけだから、別にこの特性を受け入れてはいるんだけど……」

「先生、人に謝るのが下手すぎません？」

「……人には得手不得手というものがある」

「でも、気持ちはなんとなく伝わりましたよ。ありがとうございます」

変なところで不器用な天才小説家が、なんだか可愛《かわい》らしく思えてきた。こんなことを言ったら、この人は絶対に不機嫌になってしまうだろうけれど。

割増料金のタクシーに乗り込んでいく先生に、私は声をかける。

「先生、ここから逆転しましょうね。読者もそんな熱い展開を望んでいるはずです」

「当たり前だろ。ふざけた殺人鬼を、徹底的に叩き潰そう」

後部座席のドアが閉じる刹那、先生と目が合う。

暗灰色の瞳の奥に、凶暴な光が煌めいた気がした。

最終章「スペードの3」

1

「……で、どうして私まで巻き込むんですか」

〈絵札の騎士〉を刊行した際の担当編集者である立川さんは、困惑を隠そうともせず言った。大洋社の刊行スケジュール的に、今は装画の監修や校正作業などで忙しいのだという。

「すみません。拝島先生が、立川さんに同席してほしいと言って聞かなくて。もちろん名前や所属はぼかして、『某社の元担当編集者』と書かせていただきます」

「先生の名前を出されたら、引き受けるしかないですけど……。あ、顔も絶対に写さないでくださいね？」

「ええ、できるだけ善処させていただきます。たぶん」

「……なんかあなた、随分ふてぶてしくなりましたね」

苦い感情ごと呑み込むように、立川さんはアイスコーヒーを呷った。重たい前髪の隙間から覗く瞳には、早く解放されたいという願望が滲んでいる。

以前読書会で訪れた西新宿のカフェを貸し切りにしようというのは、拝島先生のアイデアだった。読書会の主催者だった矢坂さん経由で、これから私たちがやろうとしていることを説明した上で依頼したのだが、オーナーは「早朝の開店前なら」という条件で了承してくれた。

諸々の準備に丸一日費やしてしまったが、これで舞台は整った。

「……というか、肝心の先生はどうしたんです？　もう集合時間は過ぎてますけど」

「時間だけは守る人なのに、珍しいですね。ちょっと連絡してみます」

店の外に出て電話をかけようとすると、路地の向こうに人影が見えた。白ニットと黒パンツというい
つもの組み合わせだ。

「遅いですよ、先生」

「改札前集合だと思ってたんだよ。これは遅刻にはカウントされない」

「まあ別にいいですけど。……え、もしかして緊張してます？」

「まさか」心外とでもいうように、先生は鼻を鳴らした。「これから模倣犯の吠《ほ》え面《づら》が拝めると思ったら、楽しみで仕方ないね」

いよいよ作戦開始だ。

拝島先生が窓際の席に座り、その向かいに私と立川さんが腰を下ろすという構図。インタビュー形式で、〈絵札の騎士〉の執筆にかけた想いや連続殺人犯に対して言いたいことを訊いていき、最終的に犯人の正体にも切り込んでいくという流れだ。写真撮影はカフェの店員さんにお願いして、あとで私が画像を加工することになっていた。

ボイスレコーダーを起動させながら、さっそく切り出してみる。

「独占インタビューに応じていただきありがとうございます。あなたが、小説家の拝島礼一さんで間違いありませんね？」

「今更そんな確認が必要？」

「読者は先生の素性を何も知らないんです。形式だけでいいので答えてください」

どうせ、インタビューの音声をそのまま掲載するわけじゃない。記事にする際は、表現に問題があれば適宜リライトするのが私の役目だ。たぶん先生の喋り方はもっと丁寧に、何ならですます調に変換した方がいいだろう。

「さっそくですが、今首都圏で起きている連続殺人事件についての所感をお聞かせ願います。この事件の犯人は、先生の著作〈絵札の騎士〉に登場する殺人鬼を模倣しているとされていますが……」

「まず、いかなる理由があっても殺人は許されるべきじゃない。心底下劣な行為だと思うよ。……僕が作品で殺人行為を推奨しているとかいう馬鹿げた批判もあるようだけど、そんな風に考えるのはそいつの読解力が終わっているからだ。だいたい、小説の登場人物と作者の思想が同じだと思ってる時点で――」

「……先生、もう少し表現を抑えた方が」

「いや、このままでいいよ。好感度を上げるのが目的じゃない」

インタビュー記事に落とし込む際の苦労を想像すると今から憂鬱だが、目的を考えると仕方のないことかもしれない。結局のところ、いかに犯人の気持ちを逆撫でできるかが一番重要なのだから。

気を取り直して、次の質問に移行する。

「拝島先生に、殺人を推奨する意図はないというのはよくわかりました。それでは、先生が〈絵札の騎士〉を通して読者に伝えたかったことはなんでしょう」

「そんなものはない」

「え……？」こんな返答は想定にない。「どういうことですか」

「そもそも、小説家が読者を啓蒙《けいもう》しようという発想自体が傲慢なんだよ。極論を言えば、僕の仕事は面白いミステリを創作することだけ。そこから何を受け取るかは読者次第だし、その方向性まで強制する気はないね」

「だとしたら、作品の影響で犯罪者になるのも自由……ということになりませんか？」

少し意地悪な質問かと思ったが、先生は眉一つ動かさずにコーヒーを啜った。

「いや、全ての責任を創作者に転嫁するのは間違っていると言いたいだけだよ。読者が作品に対して何を感じるのかなんて、誰にもコントロールできない領域なんだ」

確かに正論だとは思う——けれど、ここまで沸騰した世論がそんな主張で納得してくれるだろうか？

私の怪訝な顔に気付いたのか、先生は声のトーンを少し変えた。

「同じ作品を読んで、きみのように夢を見つけて前進できる者もいれば、連続殺人を始めてしまう野蛮人もいる。両者の違いはなんだと思う？」

なぜだか、拝島先生に試されている気がした。

私は一度呼吸を整え、記者である前に一人の読者としての回答を紡ぐ。

「想像力、でしょうか」

「……うん、いい答えだ」

初めて会ったときのように、先生は薄く微笑んだ。

「例えばきみは、学生の頃に〈絵札の騎士〉を読んで何を感じた？」

「ええと……恐ろしい話、だと思いました。殺人鬼の主人公は警察に捕まることもなく、罪の意識に苦しめられることもなく、思う存分に欲望を解放させていて、しかもなぜか終始魅力的な人物として描かれていて……。

何というか、これって現実世界と同じですよね？　殺人鬼まで行くと大袈裟《おおげさ》ですけど、現実にも、他人を平気で傷つけているのに何の罰も受けずのうのうと暮らしている人たちっているから。自分は絶対にそうはなりたくないって、読み終わったあとに強く思いました」

「そういう風に思えるのは、きみに想像力がある証拠だ」

先生はまたコーヒーを一口啜った。

「多くの場合、人間の想像力は思春期が終わるまでに養われる。家庭環境、学校での人間関係、あるいは生まれ持った資質——まあ要因はいくつもあるけど、想像力が上手く育たなかった人間は、物事を額面通りにしか受け取れなくなってしまうんだ。知能指数や学力がどれだけ高かろうが関係なく、そういう人間は一定数存在する。

彼らには、物語が描こうとしている隠喩《メタファー》を読み取ったり、フィクションをフィクションとして咀嚼《そしゃく》したり、反面教師的に捉えてみたりといったことができない。だから、殺人鬼が成長していく話を読んで『殺人鬼がこんなに魅力的に描かれているなら、きっと殺人は正しいことなんだ』と思い込んでしまう。その逆もしかりで、『殺人鬼を魅力的に描いている作者は、きっと殺人を肯定しているんだ』という論理で出版社に苦情を入れてしまったりもする。

一度それが正しいと思い込んでしまったらもう末期だ。『何かを許せない』という感情が己のアイデンティティになり、反対意見は全て『自分の存在を脅かす悪』だと認識してしまうようになる。主張に一貫性がなくなると自我が崩れてしまう気がするから、意見を変えたり寛容化したりといったこともできなくなる。

……残念なことに、この流れに抗《あらが》うのは難しい。群れの秩序を乱す者を攻撃しなければ生存競争に勝てなかった原始時代から、人類は『正義を執行する』という行為に快感を覚えるようプログラムされてるんだ」

先生は何一つ躊躇せず続けた。

「〈絵札の騎士〉を批判する人物を殺し続ける模倣犯も、この事件を受けて作者や出版社を炎上させている連中も、そういう人たちを徹底的に断罪している連中もみんな、根本のところは同じだよ。〈正義中毒〉という病に罹《かか》った哀れな患者たち——つまりは快楽物質《ドーパミン》の奴隷なんだ」

たぶん、この記事は激しく炎上してしまうのだろう。

拝島先生が語っていることを、開き直りと捉えてしまう人も一定数いる。

そういう人たちは、悪意でトリミングされた見出しだけを読んで、それが拝島先生の主張の全てだと判断してしまう。『正義』の名の下に攻撃を始めてしまう。

拝島先生が、作品のせいで間接的に傷ついてしまった被害者たちや、物語では救いきれない人がいる事実に心を痛めていることなんて、ただの一度も想像することなく。

でも、仕方のないことを今更嘆いても意味がない。

拝島先生の読者ではなく、一人の記者として――私は私の仕事をするだけだ。

「いくら同じ正義中毒者だとしても、ネット上で誰かを攻撃しているだけの一般人と、恐ろしい連続殺人鬼を同列で語るのは少し乱暴なのでは？」

「僕はそうは思わない」

拝島先生ははっきりと断言した。

「なぜならこの連続殺人鬼は、『正義』の名の下に誹謗中傷を繰り返す人々によって生み出されたからだ」

「……どういうことでしょう」

「ある人物の、過去についての話をしよう」

先生が語り始めたのは、法的に姿を消した『荒木将大』の生い立ちだった。

父親が死亡事故を起こしたことにより、一夜にして殺人者の息子になってしまった少年。『正義』を騙る匿名の人々は、彼ら家族に際限のない悪意をぶつけた。その結果として父親は自ら命を絶ち、母親の心は壊れ、少年は学校にも通えずに各地を転々としなければならなくなった。

偽名を使ってまで人目を避けるように暮らし、行く先々で誰かの悪意に晒されてきた少年は、歪んだ正しさを押し付ける社会への憎悪と、救いようのない孤独感を日々募らせていく。

やがて母親も亡くなり、何一つ失うものがない自暴自棄の状態——いわゆる無敵の人となった彼は、自分に似た境遇と思想を持つ〈絵札の騎士〉に心酔してしまう。

そして彼は〈絵札の騎士〉への批判の声を、自分の人生を壊した正義の人々に重ね合わせ——凶悪な連続殺人鬼になってしまったのだ。

「……それが、この模倣犯が生まれた背景」

「そう。神でも裁判官でもないただの人間が、無闇に『正義』を執行するべきじゃないんだよ。指先だけで完結する何気ない一言が誰かの人生を壊し、人格を狂わせ、歪んだ思想を生み出すこともあると理解した方がいい。自分たちが生み出した怪物が誰かを喰《く》い殺《ころ》してから後悔しても――もう遅すぎるんだ」

同じテーブルで話を聞いている、編集者の立川さんは目を見開いていた。まさかここで、まだどこでも報道されていない連続殺人鬼についての深い考察が出てくるとは思っていなかったのだろう。彼の反応はある意味予想通りだった。

初めて聞いたという振りをしながら、白々しく訊いてみる。

「非常に詳細な考察で驚きました。まさか、先生は犯人の正体に気付いているのでしょうか？」

「もちろん。その人物が、今どんな名前で生きているのかも含めてね」

ここからが本題だ。私はお腹の底に力を入れる。

「――どうやって、その推理に行き着いたんでしょう」

「犯人はいくつかの致命的なミスを犯している。本人はもう〈絵札の騎士〉を超えたつもりでいるようだけど……いやいや、とんでもない。彼は犯罪者として三流もいいところだよ」

「致命的なミス――それはいったい、どのようなものでしょう」

「それは次回のインタビューで話すよ。今度はメディアの人間を大勢集めて、大々的に実施する予定だ」

これを読んだ人の多くは、拝島先生が記事の閲覧数を増やすために法螺《ほら》を吹いているると思うかもしれない。

でも、模倣犯だけは別だ。

私たちが推理した通りの人物なら、必ず隠されたメッセージに気付き、途方もないプレッシャーを感じてくれることだろう。

「最後に一つだけいい？　これは記事の末尾に載せてほしい」

「……どうぞ」

「さっき僕は、読者が物語をどう解釈するかなんて知ったことじゃないと言った。そもそも、今回の模倣犯くらい精神的に不安定な人間なら、どんな些細なことでも起爆剤になりうるとも思ってる。

……でも、結果的に〈絵札の騎士〉が凶悪な殺人鬼に影響を与え、罪もない人々を傷つけているのは事実なんだ。――だから僕は、創作者としての責任を放棄するつもりは全くない」

その瞳には壮絶な覚悟が宿っていた。

この人は、いつだって、創作者としての業と向き合い続けている。

「僕は、どんな批判も誹謗中傷も受け入れる。自分が悪いと思っていないことで謝罪なんて絶対にしないし、目に余る発言にはしっかり反論させてもらうけど——少なくとも、起きていることの始末だけはちゃんとつける」

「……始末、ですか？」

「ああ。他でもない僕自身の手で犯人を捕まえることこそが、作品と読者、そして創作に傷つけられてしまった全ての人々に対してできる——唯一の責任の取り方だ」

創作者が、自分の作品が与えた影響に対してできることは少ない。

だからこそ、拝島先生は選んだのだ。

作品の影響で起きたことを、創作者自身の手で解決する——そんな、世界中を探しても彼にしかできない責任の取り方を。

私はボイスレコーダーをオフにして、幾何学模様が描かれたコーヒーカップを手に取った。喉の渇きを忘れるくらいの集中状態から解放され、ほっと息を吐く。

ついに我慢できなくなったのか、隣に座る立川さんが声を上げた。

「……あれ？　僕、本当に必要でした？」

今にわかる、とだけ呟いて、拝島先生は残っていたコーヒーを飲み干した。

インタビューが終わったあと、私と拝島先生は立川さんを駅まで送り届け、そのまま駅前のネットカフェに入った。記事の作成は私のノートPCでもできるが、画像を編集するフォトショップなどのソフトが入っていないためだ。

　私たちはデスクトップPCが備え付けられたテーブル席で横並びになり、それぞれの作業を始めた。記事のリライトは結局先生が担当することになったので、私の仕事はカフェの店員さんに撮影してもらった写真の編集だ。

　フォトショップの基本的な操作は昔絵里に習ったはずだけれど、人物の顔をぼかしたり違和感なく別の画像を合成したりするのは意外と難しい。

　それでも、悪戦苦闘するたびに拝島先生が的確なアドバイスをくれた。WEBデザイナーが主人公の〈シズル感〉という短編を書いたときに、デザイナーが使うようなソフトは一通りマスターしたらしい。

「……普通の作家はそこまでしませんよ」

「あいにく、僕は普通の作家じゃない」

「いい意味でも、悪い意味でもそうですね」

　結局、二時間ほどで記事の原稿と画像は揃った。

　あとはこれを、新しく作ったアカウントでブログに掲載し、新人社員が管理する〈週刊風雅〉の公式ツイッターアカウントにログインしたあと、リンクを貼ったツイートを投稿するだけだ。

コピー&ペーストを何度か繰り返し、あとは『投稿』と記されたボタンを押すだけとなったときは、さすがに指先が震えた。

「これを押せば、きみは晴れて無職の身になるわけか。今の気持ちは？」

「……不思議と、解放感しかありません」

意地の悪い小説家に不敵な笑みを返し、勢いよくボタンをクリックした。

2

にしだ　@nishi_0924

拝島礼一って逮捕されてなかったっけ？

てか、「僕が犯人を捕まえる」ってすげえな。叩かれ過ぎておかしくなってる？

あとさ、もう一人写ってる男はいったい誰だよ。何も喋ってねえし（笑）

積み木　@k_tsumiki

>RT

好きな作家だったのに、幻滅しました。

あなたのせいで罪もない人たちがたくさん殺されているのに、こんな高圧的な言い方で、ぐだぐだと言い訳を並べるなんて最低。

挙句の果てに、読者の想像力がないのが全ての原因、ですか？

これだけ炎上しても反省してなかったんですね。もう二度と読みません。

大倉ケンイチ@新作準備中　@k_oookura
拝島礼一氏の主張自体はよくわかる。
でも、犯人の正体を知っている云々はデタラメでしょう。ただの小説家が、探偵の真似事なんてするべきじゃない。そこは警察に任せましょう。

黒路　@kuroro_road
>RT
正直、楽しそうな展開になってきたな。

もしこれで、本当に拝島が犯人を捕まえたりしたら笑うわｗ

＊

壁一面が本棚で埋め尽くされたワンルームで、殺人者はウイスキーの入ったグラスを傾けた。

十数分前にブログ上にアップされ、〈週刊風雅〉の公式ツイッターアカウントが拡散させたインタビュー記事は、さっそく大反響を呼んだ。当然のようにトレンドにも入り、有象無象の連中がろくでもない意見を垂れ流している。

記事にする際にある程度はリライトが施されたようだが、拝島礼一の発言は基本的には直接聞いたものと変わらなかった。

なんでも、〈絵札の騎士〉を不当に批判したり影響を受けて殺人行為に走ってしまうのは、正義中毒という病理が原因らしい。

——まさか、挑発のつもりなのだろうか。

この批判を受けた自分が本気で腹を立て、軽率な行動に出てしまうのを期待しているとすれば……その試みは無駄に終わると断言できる。

そもそも、自分がまともではないことなど最初から知っているのだ。

創作の影響で犯罪者になることの異常性も、〈絵札の騎士〉を批判する人間に対する義憤が快楽物質《ドーパミン》の仕業であることも、失うものが何一つない自分が〈無敵の人〉と揶揄《やゆ》される存在であることも、全て客観的に理解している。その上で、己の感情に正直になることを選んだだけの話だ。

だからこんな挑発になど絶対に乗らないし、今後も粛々と正義を執行することにだけ集中するつもりだ。〈絵札の騎士〉が作中で手に掛けたのは二六人。名実ともに彼を超えるには、あと二〇人以上も殺さなければならない。

実に長い道のりだ。迂闊な行動で警察に目をつけられるなど以《もっ》ての外《ほか》。

もちろん、懸念事項がないわけではない。

拝島礼一が、記事の終盤で『犯人は致命的なミスを犯した』と述べている件だ。

これについては十中八九ハッタリだろう、と殺人者は考える。もし本当に自分が正体を悟られるようなミスを犯したのなら、こんな記事など書かず警察に相談すればいいのだから。わざわざ世間に知らしめる形で挑発してきたのは、拝島礼一が何の手掛かりも摑めていない証拠だ。

物証を一切残さず、戸籍まで消去してしまった自分は、今や完全なる透明人間だ。

目に見えない相手を、この小説家はどうやって捕捉しようと言うのだろう。

優越感の混じった溜め息とともに記事を閉じようとしていた殺人者は、到底無視できない違和感に気付く。

――この写真……。

テーブル席に座る三人を捉えた写真をダウンロードし、ＰＣの画面いっぱいに拡大表示する。

あのときも、拝島礼一とインタビュアーの織乃未希以外の人間が写真に写る必要があるのかと疑問だったが、何らかの意図があるのかもしれない。

口許に笑みを浮かべながら、殺人者は写真を隅々まで検分していく。

やがて、両の目が織乃未希の手元に置かれたマグカップへと釘付けになった。

白地に、黒一色の幾何学模様が施されたデザイン。お世辞にも趣味がいいとは言えない代物だ。あのカフェでこんなものが使われていたとは考えにくい。

つまり、これは織乃未希がわざわざインタビューのために持参したものだ。

どうしてそんなことを、という答えはすぐに判明した。

――ただの幾何学模様に思えた表面に、ＱＲコードが隠されていたのだ。

画像の中に暗号を隠すのも、〈絵札の騎士〉の担当編集者がその場に立ち会うというシチュエーションも、六年前のシークレットイベントと同じだ。これで、不可解な人員配置の意味がやっとわかった。

これは、自分のためだけに紡がれた――明らかな挑戦状だ。

殺人者はスマホでQRコードを読み込み、高度に匿名化されたTor《トーア》ブラウザを使ってURLにアクセスする。

リンク先の簡易サイトにあった、たった二行のテキストを見て、殺人者は初めて動揺した。


荒木将大、お前が犯人であることは突き止めた。

いや、今使っている名前で呼ばせてもらおう。なあ、――――――。


自らを特定する名前を見て、殺人者は咄嗟《とっさ》に画面をオフにした。

――いったいどうやって、拝島は自分の正体を？

ウイスキーを一気に飲み干し、すぐに思考を落ち着かせる。口許を手で拭った頃にはもう、殺人者はこの状況を楽しく感じ始めていた。

正体が知られたのは仕方がない。どうせ、この名前も仮のものに過ぎないのだ。生活環境を変えなければならないのは面倒だが、直ちに警察に嗅ぎつけられることはない。そもそも、このメッセージに気付いているのはまだ自分だけかもしれない。

今は、これからどうすべきかだけを考えるんだ。

「……殺すしかない、か」

至極自然に、殺人者は剣呑な結論に至った。

〈週刊風雅〉の公式アカウントはすでにＵＲＬを載せたツイートを削除しているが、記事が掲載されたブログの方にはまだ問題なくアクセスできる。

恐らく、これを管理しているのは織乃未希だ。彼女を痛めつけて記事を削除させたあと、全ての落とし前を取らせることにしよう。

正体を暴き、情報を人質に取ることで優位に立っているつもりだろうが――彼らは重大なことを見落としている。

――事前に仕掛けた発信機によって、織乃未希の自宅が特定されていることを。

織乃未希を殺すことなどあまりにも簡単だ。それに明確な動機もある。歪んだ正義を振りかざす雑誌記者は、これまで殺してきた連中と同類なのだ。むしろ、今まで野放しにしていたことが我ながら信じられない。

専用のアプリを立ち上げる。

織乃未希の現在地は、発信機が健気に知らせてくれていた。

「……ここから近いな」

殺人者はカードの束と凶器が入ったバッグを抱え、薄暗い部屋を飛び出した。

3

等間隔に並んだ街灯に代わる代わる照らされながら、私は夜の住宅街を歩いていく。

頭の中では、不安と解放感が同じ濃度で複雑に混ざり合っていた。

あんな記事を会社に無断で公開し、しかもそれを〈週刊風雅〉の公式アカウントを使って拡散させたのだから、私の罪状は洒落にならないだろう。良くて懲戒解雇、最悪の場合は会社から損害賠償を請求されることだってありうる。こんな事件を起こした以上、出版業界で働く望みは完全に絶たれたと言っていい。

「あーあ、また就活かあ……」

独り言とは裏腹に、どこか楽観的な自分がいる。

書店員とか、本に関わる仕事なら他にいくらでもある。しばらく人生の夏休みと決め込んで、絵里のアシスタントをしながら生活してもいいわけだし。

それに――拝島先生と一緒に事件を追っている内に、いつの間にか自分に自信が持てるようになったのが大きかった。今の私ならどこでもやっていけると、そんな大仰なことを臆面もなく思えてしまうのだ。

先のことを考えている内にマンションに到着した。バッグから部屋の鍵を取り出しながら階段を上がっていく。

何者かに後ろから羽交い締めにされたのは、目的の三階に辿り着いたときのことだった。

一つ下の階の共用廊下に身を隠し、私が階段を上って背中を見せるのを待ち構えていた――冷静に考えられたのはそこまでで、思考は瞬く間にパニックに陥っていく。

痛い。怖い。苦しい。怖い。怖い。怖い。怖い。怖い。

脳内が原初的な感情だけで埋め尽くされていく。

赤く染まる視界に、悪い想像が断片的に浮かび上がっていく。

「……声を出したら殺す。わかるね？」

機械のように平坦《へいたん》な声に、私は戦慄する。

この男は、人を後ろから羽交い締めにして脅迫するという行為を何とも思っていない。日常の延長線上にある出来事のように、淡々と私を地獄に突き落とすことができるのだ。

「……あ、あなたが、〈絵札の騎士〉の模倣犯ですね」

「喋るなと言ったはずだ。少しは学習した方がいい」

喉元に、鋭利なナイフが突きつけられた。

不意に鋭い痛みが走る。喉の薄皮が切り裂かれたのだ。この様子だと出血していてもおかしくない。

——冷静に、冷静に考えないと。

相手は体格で勝る男。黒い革手袋、厚手のブーツ、背中に当たる感触からして恐らくレインコートかウインドブレーカーを着ている。声が少しくぐもっているのはマスクをしているからだろう。きっと帽子も忘れず被っているはずだ。

つまり、私が多少暴れたところで男の痕跡が現場に残ることはない。

叫んで助けを呼ぼうとしても、大声を出す前に喉を切り裂かれてしまうのがオチだ。この時間、マンションの前の通りに人気はほとんどない。返り血で汚れた上着を脱ぎ捨てて逃走すれば、目撃証言もロクに集まらないだろう。

最後に残った希望は、これしかない。

私はどうにか身体を捩《よじ》ってバッグに手を差し込み、昨日買った護身用の催涙スプレーを探す。書類の束を掻き分け、スマホの充電器のコードに指を絡めながら、必死に探し続ける。

「あ、あれ、あれっ……？」

ない。

確かにバッグの中にあったはずのスプレーが、どこを探しても見つからない。今日だって、部屋を出る前に忘れていないか確認したはずなのに。

「お前が探しているのは、これのことか？」

底冷えのする声が鼓膜を揺らし、私は愕然とした。

私の目の前で、男は鞄から掠《かす》め取《と》ったスプレー缶をひらひらさせている。マスクの隙間から、くぐもった笑い声が漏れた。

――この男は、私が絶望する様子を楽しんでいる。

全く理解できない精神性を目の当たりにして、恐怖が具体性を帯びていく。

これはネットニュースやテレビの中の出来事じゃない。今まさに、私の身に降りかかっている地獄なのだ。

「昨日、お前が新宿の防犯用品ショップに向かうのを見た。通販ではなくわざわざ店頭で買ったのは、一刻も早く手に入れる必要があったからだ。例の記事を投稿することで、私に狙われる可能性が高くなると考えたんだろう」

「あ、ありえない！　だって、尾行も警戒して……！」

「その様子だと、いつ発信機を仕掛けられたのかも知らないらしいな」

男はまた笑うと、ナイフを私の眼球に近付けた。

「さあ、茶番は終わりだ。部屋まで案内しろ」

「あ……あ……」

プログラムに命令を与えられた自動機械のように、私の足は独りでに動き始める。

男に上半身を拘束されたまま共用廊下を進み、目的の部屋の前で立ち止まった。

「鍵を開けろ」

恐怖で思考を麻痺させられたまま、鍵穴に鍵を差し込んで右に九〇度回した。たったそれだけの動作なのに、身体が酷く重く感じる。これまで殺された人々の苦悶《くもん》の顔がフラッシュバックして、吐き気が込み上げてくる。

「お前が先に入れ」

「玄関の電気を点けろ」

「おい、もたもたするな」

次々に降ってくる命令に、必死に応える。

両目からは際限なく涙が溢れてきて、私は三歳児のようにしゃくり上げてしまう。今の自分は、どれほど無様に映っていることだろう。それがこの男の興奮を煽っていることくらいわかるのに、どうしても涙と嗚咽《おえつ》を止められない。

玄関から続く廊下を進み、突き当たりで私たちは立ち止まる。

右の扉が寝室に、左の扉がリビングに続いていることをどうにか説明すると、男は少し迷って後者を選んだ。強引に扉を開き、私の背中を蹴って暗い部屋の中に転がり込ませる。

「その歳で、都心の１ＬＤＫ住まいか。良かったじゃないか、死ぬ瞬間までは幸福な人生を送ることができたみたいで」

最大限の皮肉を吐きながら、男が近付いてくる。

ホラー映画の序盤で殺される哀れな女子大生のように、私は腕の力だけで床を這って逃げることしかできない。この部屋の電気はまだ点いていないので、男がどんな顔をしているのかもわからない。

「かわいそうに。腰が抜けているのか」

暗闇の中から、殺人鬼の影が迫ってくる。

「そう怯えるな。お前が死ぬのは正しいことなんだ」
男が上着のポケットをまさぐる音。
カードの束を取り出しているのだ、と直感する。
「さあ選べ。お前は私に、どう殺されたい？」
恐怖。恐怖。恐怖。恐怖。恐怖。
恐怖が緩慢に歩いてくる。
壁に電気のスイッチがあることに気付き、男がふと立ち止まる。
スイッチが押し込まれ、暗闇が取り払われる。
明順応を終えた瞳が、部屋の景色を認識する。
いよいよ正義を執行できると歓喜する男の、
マスクで隠れていてもわかるほど残酷な笑みが、
——たった一瞬で、完全に凍り付いた。

「…………は？」

男はリビングの中央——床に倒れ込む私とは全く別の場所を見て立ち尽くしていた。

私の背後で、衣擦《きぬず》れの音が聴こえる。

灯りが点く前からそこにいた人物が、静かに椅子から立ち上がったのだ。

「こうして会うのは久しぶりですね。連続殺人犯・荒木将大さん――いや、今は別の名前で暮らしているんだった」

殺風景な部屋の中央で、拝島先生は穏やかな声で言った。

「そうですよね？――矢坂直輝さん」

拝島先生と出会うきっかけになった読書会の主催者――矢坂直輝の手から、トランプのカードが滝のように零れ落ちた。

4

「よくやった。ひとまず、きみの役目は終わりだ」

すれ違いざまに、拝島先生は私の肩をそっと叩いてくれた。

緊張の糸が切れそうになるが、どうにか堪える。私は頬を伝う涙を拭い、先生の背中に声をかけた。

「気を付けてください。矢坂は凶器を持っています」

「そんな心配は必要ない」

先生は相変わらず自信満々に言うと、部屋の入り口に立ち尽くす矢坂へとゆっくり近付いていった。

「……これはどういうことですか、拝島先生」

先生を睨みつけたまま、矢坂は動かない。

ただそれは、恐怖で凍り付いているというよりは——冷静に状況を見極めているだけのように見えた。

「抽象的な質問だな。それじゃ答えようがない」

拝島先生は大袈裟に肩を竦め、不適切なほど穏やかな声で続けた。

「ただまあ、きみが抱いている疑問はだいたい想像がつくよ。どうしてこの部屋に僕がいるのか——それを知りたいんだろう？」

目の前に連続殺人鬼がいるというのに、先生の声は少しも震えていない。

「僕の助手のバッグに、発信機を仕掛けてただろ。その時点で、きみが彼女を狙うつもりなのは確実になった。だからこうして罠を張ることができたわけだ」

「……別に、夜道で襲ってもよかったんです。なぜこの部屋を舞台に選ぶと？」

「きみの目的は、彼女に例の記事を削除させることだ。縛り付けて拷問しなきゃいけないのに、人目に付きやすい屋外を選ぶはずがない。きみは車を持っていないようだし、セキュリティが甘いこの部屋で実行しようとするのが自然だ」

「……私の正体を知ったのはいつです」

「最初に怪しいと思ったのは、何週間か前の読書会で対面したときだよ」

「そんな前から？」

「あの読書会で、きみは『昔僕のイベントで話を聞いたことがある』と言っていた。あの場では流されたけど、これってかなりおかしな発言じゃないか？

　僕がイベントの類を開催したのはたった一度きり――十数人しか参加していないシークレットイベントのときだけなんだから」

　おとといの夜、私が録音していた読書会の音声を確認すると、確かに矢坂はそう話していた。潜入取材のプレッシャーで緊張していた私は気付けなかったが、拝島先生は些細な違和感も決して見逃さない。

「それがどうしたんですか？　私がイベントの参加者だとわかっただけでしょう」

「まあそのときは、何となく気になっただけだよ。イベントに参加したという発言自体が、読書会でマウントを取るための嘘という可能性もあったし」

「……つまり、何か別の根拠もあったと？」

　矢坂の声色は、どこか楽しんでいるようにも聴こえた。

いったい、この男は何を考えているのだろう。

「第四の犠牲者――三浦鉄也の遺体発見現場には、レボメプロマジンという向精神薬の錠剤が転がっていた。この薬物は〈絵札の騎士〉が作中で使用したものだけど、作劇の都合上、本文に名前までは記載していない。それを知っているのは、あのイベントの参加者だけだ」

「なるほど。イベント参加者の中に模倣犯がいると知ったあなたは、ファンレターを元に素性を調べ上げた――それで、荒木将大という存在に行き着いたわけですね。でも、今使っている名前が矢坂直輝だと知ることができた根拠まではわかりませんね」

私たちが辿った推理の筋道を、矢坂は正確に言い当ててしまった。まさか、ここまでは想定の範囲内だったとでもいうのだろうか。

動揺する私とは対照的に、拝島先生の余裕は揺るがなかった。

「たとえば、きみは原作の〈絵札の騎士〉とは違って、殺人に使うための聖域を持たなかった。それはきっと車を持っていないからだろうけど――戸籍売買のルートを知っているきみなら、運転免許くらい簡単に偽装できそうだよな？」

「へえ、それで？」

「たとえば、父親の事故直後に母親と逃げ込んだ家の近隣住民は、きみについて『前髪が異様に長くて、顔がほとんど見えなかった』と証言していた。たとえば、きみは僕の助手とバーで会ったとき、平均的な見た目をしているにもかかわらず『学生時代に容姿が原因で虐められていた』と話していた」

「まだ話が見えません」

「たとえば、第三の被害者・権田昭人が殺されたゴミ捨て場には、コンクリートの壁に不自然な破壊の痕があった。まるで、何度も被害者の頭部にハンマーを当て損ねて、しまったみたいに。第四の事件現場に錠剤が落ちていたのも、慎重なきみにはありえないミスだ。まさか、手元が狂って薬瓶を落としてしまったのかな？　身元不明の男女が殺された第五の事件現場もそうだ。アパートの階段の手すりに血痕が付着していたのは、階段を下りるときに手すりを摑まなければならなかったからだろ？」

「それがどうしたんです。どれも、犯人を特定できるほどの手掛かりじゃない」

「……いや、決定的な証言もある。きみに襲われた被害者が、『自分を襲っている間、犯人はなぜか天井の方ばかり見つめていた』と証言してくれたんだ。彼女はそれを、模倣犯が人智《じんち》を超えた存在に祈りを捧げていると解釈したようだけど——実際のところは違う」

拝島先生は、矢坂が床に落とした一枚のカードを拾い上げた。

スペードの３。日本で最も人気なトランプ遊び《カードゲーム》において、無敵のジョーカーを倒す可能性を秘めた唯一の切り札。

「今日は眼鏡をかけてないのか？　あの、妙な横縞模様が入ったやつ」

拝島先生は、カードを指先で弾きながら言い放った。

「――あれ、斜視矯正用のプリズム眼鏡だろ？」

斜視とは、右目と左目の視線が別々の方向に向かってしまう病気だ。片目は正面を向いていても、もう片方の目は全く別の方向に向いてしまう。

子供の約二％に現れる症状だが、それをコンプレックスに感じてしまう人も多い。家庭の事情で手術費を捻出できなかった少年期の矢坂は、自らの目を隠すために前髪を伸ばしていたのだ。

また重度の場合は、両目の視線が揃わないため遠近感が掴みづらく、テーブルの上のものをよく取り落としたり、手すりを掴まなければ階段を下りられないなど日常生活にも影響を及ぼしてしまう。もしそんな状態であれば――車の運転も困難になるだろう。

そうした症状を緩和するために作られたのが〈プリズム眼鏡〉だ。目に入ってくる光の角度を屈折させることで、視線が正面を向かなくても見え方にズレが生じにくくなるという代物。中でも矢坂は、レンズに〈膜プリズム〉という縞模様の入った特殊なシートを貼り付ける方式を選んでいた。

レンズやフレームに血痕が付着しないよう、犯行に及ぶ際はプリズム眼鏡を外していたのだろう。しかも犯行当時は相当な興奮状態にあったはず。その結果、慎重な殺人鬼にはありえない些細なミスの数々が発生したのだ。

模倣犯が斜視である可能性に気付いたのは、おとといの夜。

雨で濡れた石畳に映る、光の屈折で歪んだ風景を眺めていたときにふと思い浮かんだ。具体的な症状やプリズム眼鏡の存在は、ネットで検索して知った。

そこから先は簡単だ。

模倣犯が『そう遠くないうちに拝島礼一に接触する』と話していたとめぐみさんが証言してくれたので、読書会の参加者で、眼鏡のレンズに妙な縞模様があった矢坂が犯人であると推測できた。

そして矢坂をここに誘き寄せる撒き餌が、昨日公開した記事だ。

シークレットイベントの受付をやっていた編集者の立川さんが写っていれば、かつて暗号を解いてイベントに参加した矢坂が『この画像の中にも暗号が隠されている』と連想してくれる――その読みは完璧に当たった。

「ただ、一つだけ疑問もある」

拝島先生は眩《まぶ》しそうに目を細めた。

「読書会で少し話しただけで、どこにも顔出ししていない僕の正体をどうやって知ったんだ？　シークレットイベントにも、僕は壇上に人形を置いて音声だけで参加したのに……。まさか、そこで聴いた声色を完璧に覚えていたとでも？」

「目を合わせられない分、人の声を覚えるのは得意だったんです。子供の頃からね。それに読書会の前からずっと——あのカフェには盗聴器を仕掛けていまして。そのおかげで、何度もあなたの声を聞き返して記憶とすり合わせることができました。

……ああ、別に盗聴には大それた目的なんてありません。ただの資料収集です。ほら、私は普通の人生経験というものが乏しいでしょう？　うまく世間に溶け込むためには、少しでも多く一般市民の自然な会話に触れて、演技の引き出しを増やす必要がありますから。定期的に読書会を開いていたのもそのためです」

そう言って微笑む矢坂を見て、私はいよいよ恐怖を覚える。

何というか、この男は潔すぎるのだ。

連続殺人犯だと告発されているというのに、矢坂にはまるで焦っている様子がない。

「随分余裕そうだけど……この部屋に僕たちしかいないと思ってる？」

「ベランダに刑事が隠れているんでしょう？　厚手のカーテンを閉めているのは、窓の外を私から見えないようにするためだ」

そこまでバレていたのか。

私は素直に驚愕する。ただ、だからといって状況は何も変わらない。

拝島先生の推理を聞いた山倉さんによって、この部屋の周囲には拳銃で武装した刑事が大勢潜んでいるのだ。ベランダ、寝室、玄関前、マンションの周囲……それぞれに刑事が配置されているため、逃げ場はどこにもない。現行犯に等しい状況なので、刑事たちは合図があればいつでも雪崩《なだ》れ込《こ》めるだろう。

「……拝島先生。あなたは何か勘違いをしている」

「どういうことだ？」

「私は別に、逃げようだなんて思ってないんですよ。待ち伏せされている可能性も、ある程度は予測していました」

矢坂がジャケットの内ポケットに手を伸ばす。

緊急事態。窓の外や寝室に隠れていた刑事たちが一斉に駆けつけてくる。

拳銃を構えた男たちを興味もなさそうに見渡したあと、矢坂は薄く笑った。左右の視線が揃わない瞳が残酷に歪んでいる。

「――私はただ、あなたを殺せればそれでいいんです。拝島先生」

いくつもの銃口を向けられていることなど意に介さず、矢坂は懐から金属製の円筒を取り出した。整髪料のスプレー缶くらいの大きさで、円筒の底部からは紐のようなものが垂れ下がっている。

もう片方の手で、矢坂は紐の先端にオイルライターを近付けていた。

「……手製爆弾か」

拝島先生の一言で、全員が事態の深刻さを理解した。

「その通りです。過酸化アセトン――いわゆるＴＡＴＰ爆薬というやつです。たっぷり一〇〇グラム詰め込んでいるので、この部屋にいる人間くらいならまず皆殺しにできるでしょうね。

原材料を聞いたら笑えますよ。ネイルの除光液《リムーバー》と酸化型漂白剤――そんな、市販されている材料だけでこんな兵器が作れてしまうんです。世も末だと思いませんか？

まあ、調合には化学的素養と充分な設備が必要ですが……」

「……結局、追い詰められて自爆するのか。小物の発想だ」

「小物でも別に構いませんよ。この世界を歪めている正しさを否定するためなら、どんな汚名も被ってみせましょう。それが私の正義です」

正義。

罪もない人々を何人も殺し、今まさに大勢を巻き込んで自爆しようとしている凶悪犯罪者が、屈託のない瞳でそんな綺麗な言葉を使う。

「だって、ふざけていると思いませんか？」

舞台役者のような抑揚とともに、矢坂は語り始めた。

「事件や事故が起きると、前後関係や背景を無視して感情のままに死刑を求める連中。誰かが失言や不倫をするだけで、何の関係もないくせに寄ってたかって石を投げつける連中。大昔に禊《みそぎ》が済んでいる過ちを掘り起こして、有名人が社会から抹殺されるまで断罪し続ける連中。炎上騒ぎを起こした中高生の個人情報を特定して、家族もろとも地獄に叩き落とそうとする連中。まるで己の言動は過去も未来も一貫して完璧に正しいかのような面で正義を執行する、醜悪な嗜虐主義者《サディスト》たち。

そんな悪魔どもが騙る正しさの犠牲となって、闇に葬られていく人々がどれだけ多いことか……！　これでは、魔女狩りや公開処刑に狂喜していた中世の人間と何も変わりませんよ。いや、当事者意識が希薄な分よっぽど始末に負えません。はっきり言って、そんな下衆な連中には生きる価値もない。どれだけ残酷に殺されても文句は言えないはずです。

「……だから、誰かが世間にわからせてやらなきゃいけないんです。歪んだ正しさを振り撒く連中を粛清して回る――〈絵札の騎士〉が確かに存在していることを」

ふざけているのはこの男だ。

いくら行き過ぎた正義中毒者たちに憤ったとしても、殺人という手段を選ぶ正当性なんてどこにもない。

それでも誰も口を挟めないのは、矢坂が己の正義を心から信じているからだった。議論や説得の余地はない。あまりにも純度の高い正義の前では、どんな反論も即座に憎悪や殺意に掻き消されてしまう。

「あなたには失望しましたよ、拝島先生。巨悪の根源である週刊誌記者と手を組むだけでは飽き足らず、『作品の登場人物と作者の思想は別』とまでのたまうなんて……。あなたもまた、〈絵札の騎士〉を否定する偽善者なんですね。ああ、もういいですよ。言い訳なんていらない。すぐに殺して差し上げます」

「……あ、あなたは間違っています!」

気付いたら声に出していた。

「だ、だいたい、ここで自爆なんてしたら、あなたの目的は達成できなくなりますよ？　そんなの本末転倒でしょう？」

「世論を誘導するしか能のない週刊誌記者《ゴミ》が、口を挟むなよ」

矢坂は、濃密な殺意と嫌悪の混じった声で吐き棄てた。

「あなたも知っているでしょう？　すでに、模倣犯である私に影響を受けて新たな〈絵札の騎士〉が誕生していることを……。私が拝島先生もろとも自爆して伝説になれば、この流れはさらに加速するでしょう。

私から真に正しい正義を託された〈絵札の騎士〉たちによって、偽善者どもはこの世から一掃されていきます。まあ、別に構いませんよね。世界を正しく塗り替えるための犠牲になれるなら、それ以上に光栄なことはありませんから」

——もはや、この男を止める術はない。

誰が何を言ったところで矢坂は導火線に火を付け、私たちは身勝手な自殺行為の道連れになってしまうだろう。

たった数秒のうちに、そんな恐ろしい未来が確定してしまう。

「……くだらない」

絶望的な状況を意にも介さず、拝島先生は切り捨てた。

「やはり、きみの解釈には致命的なまでにセンスがない」

「……どういう意味です？」

「〈絵札の騎士〉が正義の代弁者？　なんだそのお花畑めいた設定は。あの殺人鬼は、きみが思うほど生易しい人間じゃない。本当の悪人はもっと空虚で、意味不明で、きみごときに理解できるような存在じゃないんだよ。……そもそも、やつが『偽善者を殺す』という大義名分を掲げたのはただの悪ふざけなんだ」

それは、作中で明記こそされていないが――〈絵札の騎士〉の気まぐれな言動を注意深く読み解けば見えてくる真実だ。

原作の〈絵札の騎士〉が弁護士やジャーナリストなどを好んで殺すのは、『自分が正しい』と信じきっている人間を殺すときが一番興奮するからにすぎない。社会的地位のある人物ばかり殺される理由を好き勝手に考察するメディアをおちょくるために、さも高尚な目的のために殺人を繰り返しているという体を装っただけ。

全部、ただの遊びでしかない。

昨日私がインタビューで言及したように、〈絵札の騎士〉は現実世界の不条理さや残酷さを体現する怪物なのだ。だから――彼は間違っても自分のことを正しいなどとは思っていない。行為に正当性なんてあるわけがない。

そこの認識がズレていては、あの作品を深く理解することなど不可能だ。

「読者が作品をどう解釈しようと自由だけど、少なくとも僕の中での正解はある。ネットで的外れの感想を垂れ流すだけならともかく……凶悪事件を起こして都合のいい解釈を広めようとするバカは放置できないな」

「……あなたの解釈なんてどうでもいい。優れたキャラクターは、作者の意図さえも超えていくものです」

「はあ……。センスもないくせに思い上がるなよ。素人が勝手に物語を歪めるな。きみがやっていることは何から何までズレていて、共感性羞恥すら覚える」

大勢の命がかかった極限状態で、あろうことか作品の解釈についての議論を始めてしまった先生はどうかしている。

けれど、私たちの運命はこの小説家の奇行に委ねられているのだ。実際に矢坂は動揺し、顔から一切の感情を消失させている。

これが、創作の世界を才能で切り開いてきた人間にだけ許される——連続殺人鬼との戦い方なのだ。

爆弾を抱えた殺人者に悠然と接近し、拝島先生は静かに言い放った。

「いいか、覚えておくといい。世界の歴史をどれだけ遡っても——模倣が本物を超えた例《ためし》は一度としてなかった。わかるか？　ただの一度もだ。

きみごときじゃ、どう足掻いても僕の〈絵札の騎士〉は超えられない。理解することさえできない。そのしょうもない思想は、今ここで跡形もなく消えるんだ」

「……もう、話しても無駄みたいですね。さっさと終わらせましょう」

視線の合わない瞳に凶暴な光を湛《たた》えて、矢坂はライターに火を点ける。

妖しく揺らめく炎が導火線の先端に触れようとした——その瞬間、
拝島先生の右手が、突如として風景に溶けていった。

「がっ……!?」

口から血を飛び散らせながら後ろに倒れていく矢坂を見て、私はようやく拝島先生が掌底を浴びせたことに気付いた。

目で追えない速度で振り上げられた掌《てのひら》が、矢坂の顎先を正確に捉えたのだ。

あれだけ興奮していた矢坂が、死角から襲い掛かってきた一撃を避けられるはずがない。状況にそぐわない作品についての議論も、矢坂との距離を自然に詰めるための布石だったのだ。

「確保……確保だっ！」

誰かの号令を合図に、刑事たちが倒れた殺人鬼へと殺到していく。殺風景な部屋に時の流れが戻ってきて、私は自分がしばらく呼吸を止めていたことに気付いた。

座り込んだままどうにか呼吸を整えていると、いつの間にか拝島先生が私の傍に立っていた。

「まあ、アレだ。危険な真似をさせて悪かったよ。大丈夫か？」

「……え、先生が気遣ってくれてる。幻覚？」

「だから、僕をどんな冷血動物だと思ってるんだ」

近くに置いてあった椅子を引き寄せて、先生は腰を下ろす。

その色白で線も細い姿を見ていると、さっき起きたことが現実だとは信じられなくなってきた。以前、先生が英国の某名探偵のように格闘技に精通しているのではと脳内でからかってみたが、本当にあんな技術を会得していたなんて。

「……最後のアレ、びっくりしました。てっきり、先生は運動なんてできないタイプだと」

「武術家が殺される作品を書いたときに、描写にリアリティを出すためしばらく道場に通っていたんだ。そこで学んだ技を使わせてもらった」

「……だから、普通の小説家はそこまでしませんって」

素晴らしい作品を生み出すためなら、この人は本当に何でもする。もはや過剰とも言えるプロ意識に、私は素直に感動した。

——これでこそ、私が心から憧れた小説家だ。

「これから、矢坂はどうなるんでしょうか」

「今のところ、きみを襲おうとした罪状で現行犯逮捕できただけだからな。まずは、これまでの殺人事件の犯人だっていう裏付けを取る必要がある。まだ発見されていない被害者がいる可能性もあるし、捜査は長引くと思うよ」

「でも本当に、早く捕まえることができてよかったです。先生がいなかったら、まだ犠牲者が増えていたかも……。というか、私たちの命もなかったはずですし」

「さっきのは、正直幸運もあったけどね」

「幸運？」

「僕が掌底を放つ直前、矢坂の動きが一瞬だけ止まったんだ。だからこそ、素人に毛が生えた程度の技術でも仕留めることができた」

「それって、どういう……」

あんなに瞳孔が開ききった異常者が、己の運命を素直に受け入れたとでもいうのだろうか？

でもそれはおかしい。大勢を道連れに爆死しようとした矢坂が、そんなに諦めがいい人間だとはどうしても思えない。

——結局、拭いきれない疑問の答えはすぐに見つかることになる。

矢坂を押さえつけている刑事の一人が、上ずったような声を上げたのだ。

「おい……こいつ、死んでないか？」

困惑の声は次々に連鎖していく。

「本当だ、脈がない」「まさかさっきの一撃で？」「そんなわけないだろ。死因は外傷じゃない」「毒薬、なんじゃないか」「な、なんでそんなものを？」「知るか、俺に訊くな！」「保険のためでしょうか」「どういう意味だ！」「ほら、こいつどうせ死ぬつもりでしたし。爆弾が不発になったときのためにカプセルでも飲んで……」「……どうかしてる」「念のため応急処置だ！　急げ！」

事件は解決したというのに、マンションの一室は混沌に呑み込まれていく。

理解の及ばない存在は怖い。戸籍もなく、証拠も残さず、最期の瞬間まで大きな謎を背負ったまま死んでいく連続殺人鬼。

全身を怖気が駆け抜けていく。

いつしか彼は神格化され、また次の模倣犯――新たな〈絵札の騎士〉を生み出してしまうのかもしれない。彼の歪んだ願望は、結局果たされてしまうかもしれないのだ。

恐ろしい想像を振り払えないまま、私は混乱する刑事たちを眺め続けた。

5

「……結局、矢坂は伝説になっちゃいましたね」

時速九〇キロで首都高を疾走しながら、私は溜め息を吐いた。

連続殺人鬼・矢坂直輝が警察の目の前で命を絶ったニュースは、今や日本で最もホットな話題になっている。

悲惨な幼少期を過ごし、戸籍を売り払って別人に転生し、全国を震撼させる凶悪事件を引き起こしたシリアルキラー。ネットメディアやワイドショーはこぞって彼の過去や世間に溶け込むため別人を装っていた日々を追い、真偽不明な新情報を次々に垂れ流している。

少し前まで私が所属していた週刊風雅編集部も同様で、生前の矢坂と親交があった人々への突撃取材を節操なく敢行していた。例のインタビューに協力してくれた喫茶店のオーナーも、ちゃっかり取材に応えている。

今ではもう、連続殺人鬼が拝島先生の〈絵札の騎士〉の影響で生み出されたという文脈で批判的な意見を述べる人は随分減っていた。矢坂自身が辿ってきた人生が充分すぎるほどに劇的だったので、焦点をそちらに当てた方が新鮮味もあって世間に響くという計算だろう。

ただ、矢坂が死ぬ間際に語った正しさについての主張にまで言及しているメディアは、私が知る限り一つもない。

「ただの殺人鬼が、死んで伝説になることなんてほとんどないよ。まして、その歪んだ思想が社会を変える可能性なんてゼロに近い」

助手席に座る拝島先生が、欠伸を噛み殺しながら言った。

「あのテッド・バンディやジョン・ウェイン・ゲイシーですら、世間一般の日本人は名前も聞いたことがないはずだ。そういうものなんだよ。凄惨な事件として半年ほど報道されたら、メディアはやつらを簡単に切り捨てる。そうなればもう、殺人鬼の名前なんてすぐに忘れられていく」

「……そうですか？　日本の犯罪史に残る大事件だと思いますけど」

「そのくらいで〈絵札の騎士〉を超えたなんて、酷い思い上がりだ」

「あ、もしかして先生、自分よりも矢坂が目立ってしまって悔しいとか？」

「……そんなわけないだろ」

最近になって、先生が意外とわかりやすい性格をしていることに気付いた。

〈絵札の騎士〉の歪んだ解釈を広める模倣犯を徹底的に糾弾して、作品の尊厳を取り戻す――そんな先生の目的は、矢坂の自殺によって有耶無耶《うやむや》になってしまったのだ。それに腹を立てるなんて、何だか子供っぽいなと笑ってしまう。

けれど、私は知っている。

先生が、自分の作品が生み出してしまった凶悪犯に敢然と立ち向かう姿を。

他の誰にもできない方法で、全ての責任を取ってしまった頼もしい後ろ姿を。

「あの日、あの部屋で起きたことは決して詳しくは報道されないでしょうけど……私だけは、先生が自分の力で作品を守ったことを知っています」

「もしかして、僕を慰めてる？　ニート生活をのんびり満喫中のきみが？」

「人の善意は素直に受け取ってください」

「……まあ、感謝していなくもないけど」

「ちゃんと、目を見て言ってくださいよ」

「いいから、運転に集中しろよ」

ちょっとからかいすぎたかな。

コンビニで買ったアイスコーヒーを一口飲んだあと、私は気難しい小説家をフォローすることにした。

「先生がなさったことには、作品の品位を守る以上の——もっと大きな意味があったと私は思います。あなたは確かに、一人の女性を救ったんですから」


埼玉の邸宅を訪れるのは、これで二回目だ。

インターフォンを鳴らして少しすると、めぐみさんが扉を開けて出迎えてくれた。数日前に池袋のホテルで会ったときとは、明らかに顔色が違う。病的に蒼白かった肌は健康的な輝きを取り戻しており、美容室に行ったのか髪型もショートボブに変わっていた。

ブルーグリーンのブラウスに白のフレアパンツというオフィスカジュアル風の組み合わせを見て、もしかして、と思った。

「めぐみさん、お仕事に復帰されたんですか？」

「……ええ。しばらくは、午後だけ出て慣らしていこうと思っています」

今までの彼女からは感じたことのなかった強い意志が、声からも滲み出ていた。

例の広大なリビングに案内される。めぐみさんは完璧な所作で紅茶を出してくれたあと、私たちの正面のソファに腰を下ろした。

「お二人には本当に感謝しています。特に、織乃さんがいなければ、今頃私……」

反応しようとした私を手で制し、先生はやけに社交的な微笑を振り撒いた。

「でも、安心しましたよ。お元気にされているようで」

「ええ、おかげさまで」

「ご主人もほっとしているでしょうね」

「本当、その通りだと思います。いつまでも塞ぎ込んでいたら、主人に顔向けできませんから」

「それは何よりです。……おや？」

先生の視線が、リビングの隅のある一点で止まる。

そこには、平らに畳まれた段ボール箱が山積みになっていた。

「お引っ越しされるんですか？」

「ええ」目を伏せためぐみさんの顔に、一筋の憂いが差す。「主人との思い出が詰まった家ですが、どうしても事件のことを思い出してしまうので……。それに、メディアの方や野次馬が押しかけてくることもありますし」

言葉の最後には、めぐみさんの瞳から大粒の涙が溢れ出していた。彼女は人前で泣いたことを恥じるように顔を伏せ、何かを取り繕うように感謝の言葉を繰り返した。

ありがとうございます。

本当に、お二人には感謝してもしきれません。

お二人がいなかったら、今頃私は……。

「涙を流す必要はありませんよ」

遮るようにそう言った拝島先生は、いつになく優しい笑みを浮かべていた。


「──だってあなた、本当は何も感じていないんでしょう？」


「え……？」

聞き間違いかもしれない、という顔でめぐみさんは首をかしげる。

いつの間にか、拝島先生は素の表情に戻っていた。

中途半端な社交性など放棄した、小説家としての真剣さに満ちた顔に。

「引っ越しの理由も、適当にでっち上げただけですよね？」

「何ですか？　おっしゃっている意味がよく……」

「てっきり、ここにはもう用がなくなったからだと思いました」

周囲を満たす空気が、急速冷凍されていく。

時間の停止したリビングに、先生のよく通る声が放り込まれた。

「なぜなら、あなたにとって邪魔な人間は——もうみんな処分してしまったから」

6

数日前の夜、池袋西口公園の噴水前で、私は拝島先生に自分なりの考えをぶつけた。矢坂直輝こそが連続殺人犯だという推理を最後まで聞いたあと、先生は「二点だけ粗がある」と指摘してきたのだ。

一つ目の粗は、矢坂が犯人であると裏付ける物的証拠がないこと。

そしてもう一つは、この連続殺人事件に潜む壮大な罠に気付けていなかったこと。

そう指摘されて初めて、私はバーで偶然会った矢坂を駅まで送る途中で見た、遠くからこちらを監視していた人物のことを思い出した。

——いったい、あの人は誰？

まだ、回収されていない謎があるじゃないか。この事件は、矢坂を止めただけでは終わらなかったのだ。

それから拝島先生は、事件の裏で暗躍する黒幕の存在を指摘したのだった。

＊

めぐみさんは困惑の表情を浮かべていた。

拝島先生の発言に動揺しているから、ではない。まるで、客人の粗相を指摘すべきかどうか迷っているかのような雰囲気だった。

拝島先生は差し出された紅茶に平然と口をつけ、静かな口調で語り始める。

「連続殺人鬼として逮捕されたのは荒木将大――今は戸籍を変えて矢坂と名乗っていた男です。報道されている通り、彼は大勢の刑事がいる前で罪を自供し、その場で服毒自殺を図りました」

「痛ましい出来事です。確かに彼は『私にとって邪魔な人間』ではありましたけど、それでも……自殺なんてせずに罪を償って欲しかったのが本音です」

めぐみさんもまた、優雅な所作で紅茶を啜った。

事情を知らない人間からすれば、二人が昼下がりの穏やかなティータイムを楽しんでいるようにしか見えないことだろう。

「まずは、一連の殺人事件をおさらいしてみましょう」

拝島先生は人差し指を立てて続けた。

「第一の被害者は、あなたのご主人である白瀬健人さん。〈絵札の騎士〉の有害図書指定化を推進していた彼は、この家に侵入してきた人物によって刺殺されてしまいました。配偶者であるあなたは、そのすぐ傍で縛られていたそうですね？」

「ええ……。思い出したくもありませんが」

悲痛な声を絞り出しためぐみさんは、今のところ悲劇を背負った女性にしか見えない。拝島先生から全てを聞かされている私でさえ、危うく同情してしまいそうなほどだ。

——怪物。

そんな形容が恐怖を連れてきてしまう前に、拝島先生は続ける。

「健人さんは寝室で刺殺されたあと、わざわざバスルームまで運ばれていました。その目的は、猫足の浴槽に横たわる女性の遺体を描いた〈絵札の騎士〉の装丁画になぞらえるためです。浴槽の形や被害者の性別はまるで違いますが、まあそこには目を瞑《つぶ》りましょう。とにかく犯人は健人さんの遺体を浴室まで運んだあと、その近くに〈絵札の騎士〉の単行本と〈スペードのA〉のカードを置きました」

「あの、あまり具体的な話は……。当時のことを思い出してしまうので」

先生は憐《あわ》れむ様子など微塵《みじん》も見せずに続けた。

「第二の被害者の原井琴美さんは、自宅のアパートで絞殺されていました。針金で作った輪に被害者の首を通し、輪を捩っていくことでゆっくり首を絞めるという残酷なやり方で。現場にあったカードは〈クラブのA〉です。

第三の被害者の権田昭人さんは住宅街の路上で撲殺され、死に顔をSNSで晒されてしまいました。胸ポケットに入っていたのは〈ダイヤのA〉。

次は、都内の廃墟で殺されていた三浦鉄也さんです。彼の死因は、向精神薬のレボメプロマジンを酒と一緒に大量摂取したことによる中毒死。現場にあったのは、毒殺を表す〈ハートのA〉でした」

「……そもそも、犯人はどうしてトランプのカードを？」

「ああ、これは報道されていない情報でしたね」

拝島先生は穏やかに微笑んだ。

「〈絵札の騎士〉が現場に残す署名ですよ。紋標《スート》は殺害方法を、数字はその方法で殺された累計人数を表していて、模倣犯は被害者に自分の死に方を選ばせていたんです。ハートは毒殺、ダイヤは撲殺、スペードは刺殺、クラブは絞殺というようにね。まあ、そんなことはもうご存じのはずですが」

めぐみさんは否定も肯定もしない。ただ、拝島先生を見つめているだけだ。

そんな怪物を一瞥して、先生は短く息を吐いた。

「問題は次ですよ、白瀬さん。荒木将大名義のアパートで殺されていた、身元不明の男女二人組——原形がわからなくなるほど滅多刺しにされていた彼らの遺体の傍には、なぜか〈スペードの2〉が置かれていたんです。……これって、物凄くおかしなことだと思いませんか？」

めぐみさんは僅かに眉をひそめる。その仕草もまた、血腥《ちなまぐさ》い話をされて困惑しているだけにしか見えなかった。

それでも、拝島先生は揺るがない。

不安になる私をよそに、先生は一発逆転の切り札を突き付ける。

「わかりませんか？　カードは殺害方法と累計人数を表してるんですよ？　健人さんを含めると、刺殺されたのは全部で三人——だからあのアパートには〈スペードの3〉が置かれていないといけないんです」

「面白い考察ですね。でも、カードが違うことの何が問題なんですか？」

「あの場に〈スペードの2〉があったということは——模倣犯にとって、そのとき刺殺した男女が一人目と二人目の犠牲者だったことを意味します。要するに、健人さんが刺殺された最初の事件だけは、矢坂直輝の仕業じゃない、ということです」

　めぐみさんは、まだ表情を崩さない。

「私にはよくわかりませんけど……単なる、犯人のミスなのでは？　本当は二人も殺す予定なんてなくて、〈スペードの２〉しか持参していなかったとか」

「〈絵札の騎士〉は、常にトランプを一式持ち歩いています。原作に影響を受けた矢坂も、もちろんそうしていましたよ。特定のカードだけ忘れるなんてことは、論理的にありえないんです」

「なるほど。じゃあ、夫を殺したのは別の人物かもしれませんね」

　怖気が走る。鼓膜と網膜が捉えた現実を、脳が拒絶しようとする。

　明らかに自分が疑われているのに、明らかに自分を糾弾する方向に論理が向かっているのに、めぐみさんの表情はどこまでも穏やかなままだ。

「殺人犯は二人いた、ということでしょうか。それとも、最初の殺人に影響を受けた矢坂直輝が連続殺人を始めたとか……？　駄目ですね、普段ミステリ小説なんて読まないので、うまく推理できそうにありません」

「……違いますよ」

　あの天才小説家が、完全にペースを乱されてしまっている。

けれど拝島先生が隙を見せることはなかった。苛立ちを上手く隠しながら、唐突に核心を突く。

「白瀬健人氏を殺したのはあなたでしょう、めぐみさん」

「何をおっしゃってるんですか。私が、夫を殺す理由なんて……」

恐ろしいことに、めぐみさんはまた涙を流し始めた。

彼女の言葉と仕草だけを抽出すれば、悪いのは拝島先生の方だと思えてくるほどに完璧な泣き方だ。

こんな怪物を、先生はどう切り崩していくつもりなのだろう。

「恐らく、健人さんが相続した白瀬家の莫大な資産が目的でしょう。健人さんが亡くなれば、配偶者のあなたがその全てを独占できますからね。健人さんのお父様の事故死については、さすがに偶然だと思いたいですが……。

ただ、心身ともに健康でまだ若い健人さんを、事故や病気に見せかけて殺すのは簡単ではありません。――そこであなたは思いついたんです。健人さんを殺した後、それを無関係な他人の仕業に見せかけるためだけに、クレイジーな連続殺人犯を生み出してしまうという悪魔じみたアイデアを。

つまり、他の五人が殺されたのは――ただの偽装工作のためだったんです」

「ふふ、妄想がたくましいですね。小説家とか向いていそう」

先生がまだ正体を明かしていないことも忘れずに、めぐみさんは白々しく微笑む。

「めぐみさん、あなたの職業はスクールカウンセラーでしたね？」

「ええ。最近復職したばかりですけど」

「臨床心理士の資格を持っていれば、非常勤でクリニックに出入りしたり、個人的に客を取ることもできたわけだ。もしかしたらその患者の中に、幼少期の不幸な境遇が原因で心に闇を抱える男がいたかもしれない。その男が、たまたま夫が有害図書指定化に関わっている〈絵札の騎士〉という小説に傾倒していて、破滅願望を仄めかすような危うい発言をしていたのかもしれない」

「さっきから何が言いたいんです？」

「あなたは、ふと思いついてしまったんです。矢坂直輝を洗脳して――〈絵札の騎士〉という連続殺人鬼に進化させれば、自分が疑われることなく夫を殺せるんじゃないかとね。戸籍を手放させて完全なる透明人間にしてしまえば、多少カルテを改竄《かいざん》するだけで関係性を消去してしまえますから。

ただ、最初の殺人まで矢坂に外注することは難しい。殺人鬼をどこまでコントロールできるかは未知数で、失敗するリスクがある上に――自分の身まで危険に晒してしまいかねませんから。だから、健人さんだけはあなた自身が手にかけるしかなかった」

「ごめんなさい、ちょっとおかしな点がありませんか？」

推理がどう展開するか最初から予測していたかのようなタイミングで、めぐみさんが口を挟んだ。

「主人が殺されている間、私は犯人に全身を縛られていたんです。ベッドから動くこともままならないのに、人殺しなんてできるはずがありませんよね？」

「……ああ、それは簡単です。もう一人、共犯者がいればいいだけですから」

「共犯者？　最初の殺人を矢坂さんに頼むことは難しいって、今あなたがおっしゃったはずですが」

「最初の事件であなたが外注したのは殺人じゃない。健人さんを刺殺して浴室まで運び、証拠品を処分したあと、あなたは何も知らずに自分を縛ってくれる相手を呼び出したんです。そしてそれは、矢坂以外の人間でも成立します」

噴水の前でその推理を初めて聞いたとき、凄まじい衝撃を受けたのを覚えている。

もし、自分を縛ってくれる人間がいたと仮定すれば――めぐみさんが一方的な被害者であるという前提が完全に消える。

「そんな都合のいい相手が、どこの世界にいるというのでしょう。市議会議員の自宅にいきなり呼び出されて、文句も言わず妻を拘束してくれるような相手が？」

「……僕も警察も、前提から間違えていたんです」

「前提？」

「人が人をロープで縛る理由は、夫が目の前で殺される光景を見せつけるため――本当にそれだけでしょうか。たとえば、不倫相手との遊びの一環だったとしたら？　そういうプレイを好むカップルはいくらでも存在していますよ。

　寝室の血痕がわざわざ拭き取られていたのは、その不倫相手に殺人の件を悟られないようにするためだったんです」

「事実無根です。私が不倫なんて……」

「三浦鉄也――第四の被害者こそが、あなたの不倫相手だったんでしょう？」

　入念に積み上げられた論理が、あらゆる方向へ解き放たれていく。

　私は夢中になってそれを眺める。それ以外にできることはなかった。

　ここはもう、突き抜けた天才作家だけが立つことを許された独壇場だ。

「警察の捜査によると、三浦は不倫やＤＶが原因で妻と離婚寸前だったそうです。また、妻は三浦が精神的に不安定でカウンセリングを受けていたとも証言しています。

どの臨床心理士のもとに通っていたのかは、なぜか明らかになっていませんけどね」

「嘘。それだけの理由で私を疑うんですか？」

めぐみさんは堪えきれずに笑った。

夫の死を乗り越えようと努力する、慎《つつ》ましい女性の面影はもうどこにもない。

「全く無関係な事象を強引に繋げて、ありもしない事実を捏造するなんて……。そんなの、胡散臭《うさんくさ》い陰謀論者のやり方じゃないですか。推理とは呼べません」

「――三浦を殺す動機だけが、明らかに弱いんですよ」

反撃の余地を与えないように、先生は矢継ぎ早に言った。

「健人さんは〈絵札の騎士〉の有害図書指定化を目指していた市議会議員。第二・第三の被害者たちは、SNSで〈絵札の騎士〉やその作者を徹底的にこき下ろして注目を浴びていた人物です。最後に殺されたのは、『荒木将大』の戸籍を持っていた邪魔な男と、運悪く居合わせてしまった女の二人。

彼らには矢坂なりの殺してもいい理由がありましたが……三浦にだけはそれがない。ツイッター、フェイスブック、インスタグラム、アマゾンレビュー――どのSNSを探しても、〈絵札の騎士〉を積極的に批判するコメントは見つかりませんでした。せいぜい、そういったコメントをいくつかリツイートしていたぐらいです」

まだあります、と拝島先生は続ける。

「矢坂直輝は車の運転ができませんでした。重度の上下斜視のせいで、遠近感を上手く掴むことができないためです。だから彼は聖域を作らず、被害者の自宅などで犯行を重ねていたわけですが——何か変だと思いませんか？　車を持っていない彼が、どうやって三浦さんを廃墟まで運び込んだんでしょう」

めぐみさんは何も答えず、ただ微笑を浮かべるだけだった。

動揺は誘えていないが——少なくとも反論の余地は一切与えていない。

「つまり、三浦さんは襲われて廃墟に運び込まれたんじゃない。誰かに呼び出されて、自分の意志であの廃墟までやってきたんです。

……これ、物凄く変なことですよね？　普通、どんなに仲のいい相手でも、照明もない廃墟までノコノコやってくるわけがありませんから。秘密の話をするにしても、普通のホテルの客室とか、いくらでも適した場所はあるはずです。それなのに呼び出しを断れなかったのは、自分が殺人に関わったかもしれないという疑念があったからではないですか？」

「また、とんでもない妄想を」

「夜中に不倫相手に呼び出されて、ベッドの上で緊縛するように頼まれただけの彼が、健人さんの遺体が発見されたニュースを見たときの恐怖は容易に想像できます。きっと『このままでは自分が疑われる』と思ったはずですよ。

あなたはそんな心理を巧みに利用し、誰もいない廃墟に三浦を呼び出したんです。殴って気絶させるなどして拘束したら、目が覚めるのを待って拷問開始です。彼が自分たちの関係を誰に話したのか、正確に把握しないといけませんから。

情報を訊き出して用済みになったら、矢坂を呼び出してトドメを刺させたんでしょう。もちろん、そのときにはもうあなたは消えていたはずです。万が一疑われた場合に備えて、死亡推定時刻のアリバイくらいは用意していたかもしれません」

莫大な遺産を相続する――その程度の、矢坂の思想と比べればあまりにも俗っぽい目的のためだけに、人を洗脳し、直接的にも間接的にも多くの人間を殺害してしまえる生粋のシリアルキラー。

こうして本性を知った上で対面していても、無害で哀れな女性という印象しか受けない事実が、さらに恐ろしさを掻き立てる。

絶対に、こんな怪物を野放しにしてはいけない。

「極めつけに、あなたは矢坂すらも簡単に切り捨ててしまいました。うちの織乃をホテルに呼び出して、『犯人がなぜか天井ばかり見ていた』『犯人が拝島礼一に接触すると言っていた』などという不自然なヒントをくれたのは、制御不能になりかけていた彼を処分するためでしょう？　矢坂は新たな〈絵札の騎士〉を生み出すために、ＳＮＳに被害者の死に顔をアップしたり、犯行を焚きつける声明文をバラ撒いたりしていましたからね。僕たちを盗撮してネットにアップするという行動も、慎重なあなたの目に余ったはずです。

……そこで、あなたは考えました。いずれ警察に捕まって余計なことを口走るくらいなら、僕たちを道連れにして爆死してもらった方がいい、と。最終的に矢坂の死因となった毒薬も、きっと彼自身の意志で服《の》んだわけではないんでしょう」

この人が、どんな手段を使って矢坂を洗脳したのかはわからない。

いくら矢坂が不安定だったとはいえ――人を自爆すら厭《いと》わない殺人鬼に変えてしまうなんて、とても同じ人間の仕業とは思えなかった。

それに、私自身もこの人に心理を操られていたのだ。

失意に暮れている最中《さなか》にホテルまで呼び出されて、塩素ガスで自殺しようとしていためぐみさんを間一髪で止めたとき――私の中にはもう、この人を疑うという発想は一切なくなっていた。

全身を縛られ極限状態にいたはずの彼女が、犯人の視線の向きなどという些細な情報を偶然思い出したことの不自然さや、拝島先生は雑誌記者の私に接触するため自主的に読書会に参加したのに、矢坂が「近いうちに接触しようと思っている」と話したことの決定的な矛盾なんて、そのときは全く気付くことができなかった。

「……素晴らしいです。感動しました」

ぱち、ぱち。

ぱちぱち、ぱちぱちぱちぱち。

少し湿ったような破裂音が、連続して響く。

満面の笑みを顔に貼り付けた彼女が両掌を打ち付けているのを見て――私は初めて、今のが拍手の音であることに気付いた。

「確かに、論理は通っています。完成度の高い推理だと思いますよ。ただの妄想だと切り捨てるのがもったいないくらいには」

慈愛に満ちた視線が、一瞬だけ私を捉える。

たったそれだけで、体内の酸素濃度が低下する錯覚がした。

捕食者に睨まれた小動物のように、身体を縮めて恐怖に耐えることしかできない。

今この人に「死ね」と命じられれば、私は素直に応じてしまうかもしれない。

――絶対、普通じゃない。

人を操り、連続殺人鬼に変えてしまうということの意味を、そんなことができる人間の怪物性を、私はようやく理解した。

この人は――白瀬めぐみという殺人者は、拝島先生とはまた別の領域にいる天才だ。才能を少し悪用するだけで、いとも簡単に人間を壊してしまえるほどの。

「そう、あなたの言っていることは全部妄想なんですよ。『論理的にそうとも考えられる』という程度の、価値のない戯《ざ》れ言《ごと》でしかありません。だって、私を警察に突き出せるほどの物証は何一つないんでしょう？」

すっかり冷めてしまった紅茶を優雅に飲み干して、怪物は言い放った。

「また出直してきてくださいね、お二人とも。……まあ、もしかしたら今度は、私の方から会いに行くかもしれないけれど」

ひっ――と私は小さく悲鳴を上げる。

殺される。

今ここでこの人の罪を暴かないと、私たちの命がない。

この人は今日中にも消息を完全に消して、闇の中に紛れてしまう。あとはこちらの警戒が緩んだ隙を見計らって、またしても一切の物証を残さないやり方で、世界から存在を抹消しにやってくるのだ。

脅しでもハッタリでもない。下手をすれば、また別の誰かを操って――一切手を汚すこともなく私たちを殺してしまう。

「……あなたは恐ろしい犯罪者だ」拝島先生は苦々しく吐き棄てた。「合理性という点では、原作の〈絵札の騎士〉よりも厄介かもしれない」

「犯罪者？　何のことでしょう」

会話を成立させるつもりさえない殺人者は、完璧な笑顔を保ったまま立ち上がった。

「さあ、そろそろお引き取りいただけますか？」

「そういうわけにはいきません」

「しつこいですね。もうすぐ仕事に行く時間なんですよ」

「お時間は取らせません」

「すでに、随分時間を浪費していますけど」

「――――決定的な証拠が、あると言ったら？」

拝島先生が放った言葉で、めぐみさんの表情が初めて固まった。

7

好機を逃さず、先生はテーブルに切り札を叩きつけた。

　小指の爪ほどの大きさの黒い箱に、めぐみさんの視線が注がれる。

「この発信機が、織乃のバッグに仕掛けられていました。矢坂のスマホに入っていたアプリと連動していて、現在地を捕捉した彼がマンションに襲撃してきたわけです」

「それがどうかしたんですか？」

「我々が発信機を発見したのは、織乃があなたに呼び出されてホテルに行ったあとのことです。あなたは織乃に矢坂の正体に辿り着けるヒントを授けると同時に、矢坂にも我々を道連れに爆死できるチャンスを与えていたんですね」

「意味不明です。発信機を仕掛けたのは矢坂なんでしょう？」

「いや、矢坂には絶対に不可能なんですよ」

「……なぜ？」

「時系列的に、あなた以外の誰にも仕掛けるタイミングがなかったからです」

　二人の天才の視線が絡み合う。

息をするのも忘れて、私はこの対決の顚末《てんまつ》を目に焼き付ける。

「我々がバッグから発信機を発見したのは、織乃がホテルを出てから約二時間後。その間に、誰かと接触した記憶は？」

ゆっくり呼吸を整えてから、私は慎重に答えた。

「……ありません。先生が公園に来るまで誰とも話していませんし、深夜で人通りもまばらだったので、通りすがりの誰かがバッグに細工をした可能性もないです」

「じゃあ、ホテルに行く前は？　きみはどこで何をしていた？」

「数日間ずっと、家に引きこもっていました。外出したのはコインランドリーに行くときくらいで、そこにも誰一人いませんでしたし」

「もう……お二人とも、何だかおかしなことを言っていますよ」

飼い犬の粗相を目撃したときのような表情で、めぐみさんは失笑する。

「どうして、発信機がその日に仕掛けられた前提で話しているんですか？　それよりも前なら、仕掛けるタイミングなんていくらでもあったはずです」

確かに、私は拝島作品の舞台となったバーで矢坂と会っている。そのときなら、私がトイレに行った隙などを突いて発信機を仕掛けるのは簡単だろう。

――けれど、それは絶対にないと断言できる。

「発信機が仕掛けられたのは、あの日以外にありえないんですよ」

「なぜそう言い切れるんですか？」

「あなたも矢坂も、我々が仕掛けた罠に気付けなかったから」

わな、とめぐみさんは口の中だけで呟く。

僅かに生じた動揺につけ込むべく、拝島先生は畳みかけた。

「矢坂を誘い込んだ部屋は、彼を誘導するために急遽用意した偽物だったんですよ。もし発信機があの日以前に仕掛けられていたとしたら、矢坂が本来とは違う住所にノコノコとやってくるわけがない。どこかで、罠だと気付いて引き返すはずなんです」

最後まで隠していた切り札が、ようやく全貌を露わにする。

池袋西口公園で真実を突き止めてから、私たちが例のインタビューを実行するまで一日空いたのは、警察から権限と人手を借りて、セキュリティが甘くて誰でも忍び込めるマンションの一室を新たに用意するためだった。

甘い餌を撒いて矢坂を誘導しつつ、発信機を仕掛けた張本人を特定するために、拝島先生は大掛かりなトリックを実行してみせたのだ。

物件の手配が完了したのは、インタビュー前日の午前中。

あとはカプセルホテルをチェックアウトした私が、発信機の入ったバッグを持ったままその部屋に帰れば準備完了だ。その後はインタビューを終えて矢坂に襲われるまで一度も絵里のいるマンションには帰っていないため、矢坂はあの部屋こそが私の住居だと勘違いするしかなかった。

数日前まで私が住んでいたのがオートロックのマンションで、階数から間取りまで何もかも違う部屋だったことなんて、絶対に気付けなかったはずだ。

そのおかげで私たちは、一人の女性――絵里を救うことができた。ついでに私も、だけど。

「おわかりいただけましたか？　発信機を仕掛けたのがあの日で、それができたのはあなた以外にいないという推理の根拠を。

あとは警察が、発信機の入手経路や矢坂のスマホに入っていたアプリとの連携の有無、矢坂があなたの元に通っていた目撃証言までを入念に調べてくれます。

もう逃げられませんよ。あなたは間違いなく、殺人教唆の罪で被告席まで連行される。恐らく、矢坂に言い渡されるはずだった極刑がそっくりそのまま科されることになるでしょうね」

「……ふう。嵌められたのはこっち、ってこと」

場違いなほどに気の抜けた声が、めぐみさんの口から漏れた。

「そう……。私を追いつめるのに、最初の殺人の物証なんて特に必要ないってことね。頑張って偽装したのに、なんだか損した気分」

トランプのゲームにでも負けたときのような、真剣味のない笑み。

私はあまりの異常さに気圧されそうになる。

「裁判から先は自分の知ったことじゃない、とでも言いたそうな顔」

「まあ、僕としては自分の作品を貶める犯罪者を糾弾できただけで満足なので。こちらの記者の方が、何をしでかすかは予想できませんけどね」

先生に言われるまでもなく、覚悟は決まっている。

白瀬めぐみが黒幕であると糾弾する記事を、私はどんな手段を使ってでも世に出すつもりでいる。人を操って世界を地獄に変えてしまう悪魔を野放しにするわけにはいかない。匿名の正義中毒者たちの手を借りてでも、裁判が始まるまでに『白瀬めぐみを断罪する世論』を作り上げてみせる。

遠くから、サイレンの音が聴こえてきた。

音は次第に大きくなり、家の前に数台の警察車両が止まる気配がした。

「……どうやら、知り合いの刑事が到着したみたいです。僕たちと話していたせいで、逃げるタイミングを完全に失いましたね？」

「どうせ、現時点なら任意同行でしょう。私が大人しく従うとでも？」

「そのまま海外に飛ぶつもりですね。……まあ、僕が見逃すかどうかはさておき」

拝島先生は、自身の手元にあるティーカップを指差した。

めぐみさんは目を見開く。たったそれだけの動作で全てを察したのだ。

先生が、差し出された紅茶の中に細かく砕いた錠剤をこっそり入れたことを。

それが、三浦鉄也が殺害された現場で見つかった向精神薬《レポメプロマジン》であることを。

それを、先生自身の仕業だと証明する手段など存在しないことを。

「現行犯逮捕の要件は満たしました。これでおあいこです。……きっと、地獄にいる矢坂も喜んでいますよ」

怒号を撒き散らしながら、刑事たちが玄関の扉を激しく叩く。

恐ろしい殺人者の瞳に、初めて動揺の色が滲んだ。

「あなたたち、頭がどうかしていますよ。こんな茶番……」

「茶番？　あなたは何を言ってるんです？」

「私が法廷で違法捜査を証言すれば、小説家としてのキャリアなんて簡単に……」

「異常犯罪者が言うことなんて、どこの誰が信じるというんです？」

完全に、形勢逆転だ。

何を言われているか本当にわからない、という表情で拝島先生は紅茶を啜る。多少摂取したくらいでは絶対に死なない量の薬物が混入した証拠品を、心から美味しく味わうように。

「殺人教唆に、殺人未遂と麻薬及び向精神薬取締法違反まで加わっちゃいましたね。気の毒な話です」

勝手口を突き破ってきた刑事たちが、リビングへと殺到する。

真っ先に入ってきた山倉刑事が彼女の両脇を摑んで強制的に立ち上がらせると、演技臭い口調で罪状を告げ、華奢《きやしや》な両手首に手錠をかけていく。

その間、めぐみさんは抵抗する素振りを見せなかった。

ただ、自らを地獄に堕とした小説家をじっと睨みつけていた。

「……いいでしょう。大人しく負けを認めますよ。少なくとも、この盤面では」

「刑事さん、怖いので早く連行してあげてください」

「忘れないでくださいね、拝島礼一さん。私は最後に背中を押してあげただけ。矢坂直輝を恐ろしい殺人鬼に育てたのは、他でもないあなたの作品なんです」

「ああ、具合が悪くなってきました。念のため救急車もお願いします」

「これで全てを清算できたと思わないことです。あなたが小説家である限り、創作者としての業からは永遠に逃げられない。次の〈絵札の騎士〉は、そう遠くないうちに必ず現れる」

「……まさか、僕に呪いをかけているつもりか？　浅はかだな」

拝島先生は一瞬で笑顔を消し、暗灰色の瞳で殺人者の目を見つめた。

皮肉げに歪んだ口許には、確固たる自信が宿っている。

——不意に、六年前のシークレットイベントの記憶が蘇った。

あの日、憧れの作家の声を初めて聴いた興奮に包まれていた私は、いつもよりも随分と積極的になっていた。学校で一言も発さないことすらザラだった文学少女が、あろうことか挙手をしてまで先生に質問をぶつけたのだ。

「どうして拝島先生は——残酷な物語を書き続けているんですか？」

目の前の光景が、あの日の記憶に重なる。

拝島先生は、少しも躊躇せず口を開いた。

「どんな脅しを受けても、僕が自分の作風を変えることはない。次は、模倣しようという気さえ起きないくらい完璧で、残酷で、血も凍るほど恐ろしい殺人者を描いてやる。どうせこれを超えることなんてできないんだから、殺人なんかしても無駄だと思えるくらいに突き抜けた、逆説的に現実世界の犯罪者どもの幼稚さを炙り出して完全否定できるほどに魅力的な、正真正銘の悪魔を生み出してやる」

決して吹き消されることのない決意が、虹彩《こうさい》の中で確かに揺らめいていた。

「それが僕の――小説家としての戦い方だ」

エピローグ

白瀬めぐみが刑事たちに連行されていく様子を見届けたあと、拝島先生は嘯《うそぶ》いた。

「さて、面倒なことになる前に東京に帰るか」

「え、警察の事情聴取があるんじゃないですか？」

「そんなのに構ってる時間はない。今、かつてないほど創作意欲が高まってるんだ」

「警察にはさんざん協力してもらったのに……」

「大丈夫。あとは山倉が何とかしてくれるだろ」

「先生、大学の後輩は万能グッズじゃありませんよ」

刑事たちが簡易的な家宅捜索のためリビングを離れた隙に、私たちは勝手口から外に出た。先生はもう物語を紡ぐのを我慢できないらしく、車へと歩いている途中なのにノートPCを鞄から取り出している。

やりたいことがあっていいな、と私は素直に羨望を覚える。

私も早く次の道を見つけないと。白瀬めぐみを糾弾する記事を書いたあとはしばらく休むつもりだったけれど、ひとまず転職サイトに登録しておこうか。

「……そういえば、きみには新作を最初に見せる約束だった」

「ああ、そうでしたね。いつ頃完成しそうですか？」

「明日の朝には初稿が上がると思う。ただ、設定の整合性を担保するためにいくつか追加で取材しないといけないことがあるんだ」

「ゆっくりで大丈夫ですよ。たぶん私、しばらく暇なので」

「……それが、意外に面倒なんだよ。集めなきゃいけない資料は膨大だし、何人かの専門家にも話を聞く必要がある」

「はは、相変わらずの完璧主義ですね」

「この事件が沈静化するまでは、担当編集も表立っては動けない。なら自分で取材するしかないけど……きみも知っての通り、僕は人と接するのがそれほど得意じゃないんだ。もし今回みたいな厄介ごとに巻き込まれたとき、一人で対応するのはストレスになる。それに、きみの読解力はそれなりに評価できるし……」

「あの、先生……？　もしかして、私に何かを伝えようとしてます？」

「だから、さっきからずっと『助手を探してる』って言ってるだろ。仕事を手伝いながらしばらく勉強したら、フリーランスの編集者として僕のサブ担当になる道もある。今回の件で貸しも作ったし、立川あたりは協力してくれるだろ」

「え、えええええっ？」

「……まあ、きみがどうしてもと言うなら、雇うかどうか検討してあげてもいい」

「……いや、誘い方下手すぎません？」

相変わらず不器用すぎるけれど、今はそんなことさえも愛しく感じた。

この、生きるのが苦手な感じこそが、拝島先生が天才たる所以《ゆえん》なのだ。

致命的な欠落があるからこそ――彼の作品は多くの人の心に直接響く。

ただ遠くから憧れていただけの頃は、先生に対してこんな失礼な感想を抱くようになるなんて想像もしていなかった。

「わかりました。条件次第では雇われてあげてもいいですよ」

「失業者が生意気な。……で、どんな条件？」

「次回作だけじゃなくて――未来永劫《みらいえいごう》、新作を真っ先に読む権利をください。私が担当編集にはならない作品も、例外なく」

「……はあ？　そんなことでいいのか？」

「あ、アシスタント代はちゃんといただきますよ。詳しくは車内で話し合いましょう」

――きっと、この人は知らないのだ。

そんなことが、人生を決めてもいい理由になることを。

そんなことが、前に進む原動力になってしまうことを。

「これからもよろしくお願いします。拝島先生」

数秒前よりも新鮮に感じる空気を深く吸いながら、私はバッグの中から車の鍵を探した。

あとがき

言葉を紡ぐという行為は、本当に恐ろしいものだと思う。

風呂上がりにビールを飲みながら暇つぶしに投稿した一言が、いけ好かない有名人をからかうつもりで送り付けたシンプルな罵倒の文句が、孤独な夜に最悪の結果を生み出してしまうことがある。

いや、悪意すらも必要ない。場を和ますためのユーモアが、ビジネスマナーとしての社交辞令が、落ち込んだ友人を励ますためのメッセージが、今夜もどこかで誰かを追い詰めている。私たちは、そんな恐怖と隣り合わせの行為を日々続けている。

もちろんそれは、小説家も例外ではない。

刻一刻と迫る締め切りに恐《おそ》れ慄《おのの》き、脳細胞をカフェインで強引に回し、物語を紡いでいるうちに現実と虚構の狭間《はざま》に迷い込みそうになりながら、それでもどうにか刊行に漕《こ》ぎつけた小説が、誰かを不本意のうちに傷つけてしまうことがある。「誰も傷つけない創作」なんてものは、恐らく地球上に存在しないのだ。

だとしたら、小説家にできることは何だろう。誰かを傷つける可能性を覚悟した上で、面白い物語を真摯に生み出し続けるしかないのだろうか。それとも、少し目を離した隙に基準が変化するコンプライアンスの荒波に都度適応し、誰が読んでも完璧に安心安全な物語を追求していくしかないのだろうか――。

そんな答えのない問いに悶々《もんもん》としていたときに生まれたのが、本作の主人公の一人である拝島礼一というキャラクターでした。

自らが紡いだ言葉によって生じてしまった悲劇に対して、彼が提示した責任の取り方は、ある意味では創作者としての理想と言えるのかもしれません。今の私に彼と同じことができるかどうかはさておき、間違いなく本作は、今後の作家人生を照らす灯台になってくれた気がしています。

最後になりますが、本作の刊行にご尽力いただいた皆様と、読者の皆様に格別の感謝を申し上げます。またどこかでお会いしましょう。

野宮《のみや》　有《ゆう》

〈参考文献〉

『人はなぜ、他人を許せないのか』（中野信子著、アスコム）
『令和元年のテロリズム』（磯部涼著、新潮社）

＜初出＞
本書は書き下ろしです。

メディアワークス文庫

ミステリ作家《さっか》 拝島礼一《はいじまれいいち》に捧《ささ》げる模倣殺人《もほうさつじん》

野宮《のみや》 有《ゆう》

2023年9月25日　初版発行

発行者　山下直久
発行　株式会社KADOKAWA
〒102－8177　東京都千代田区富士見2－13－3
0570-002-301（ナビダイヤル）
装丁者　渡辺宏一（有限会社ニイナナニイゴオ）
印刷　株式会社暁印刷
製本　株式会社暁印刷

●お問い合わせ
https://www.kadokawa.co.jp/（「お問い合わせ」へお進みください）
※内容によっては、お答えできない場合があります。
※サポートは日本国内のみとさせていただきます。
※Japanese text only

※定価はカバーに表示してあります。

Printed in Japan
ISBN978-4-04-915111-4 C0193

メディアワークス文庫　https://mwbunko.com/

本書に対するご意見、ご感想をお寄せください。

あて先
〒102-8177　東京都千代田区富士見2-13-3
メディアワークス文庫編集部
「野宮 有先生」係